우린 언제나

빛날 거야

강진석 에세이

우린 언제나 빛날 거야

우리가 부서지지 않고
행복하게 살았으면 해
우리의 행복을 응원해

히읏

| 차례 |

1장

만남

2장

사랑

3장

헤어짐

4장

다시, 봄

1장

만남

좋은 ☾ 사람

옆에 있는 것만으로도 온몸을 안아주듯 안정감을 주는 사람이 있어요. 그동안의 사람에 대한 불신도, 사랑에 대한 두려움도 사라지게 해주는 사람이요. 함께 있으면 사소한 한마디에도 미소가 지어지고, 길을 지나갈 때면 앞보다는 자꾸 옆을 바라보게 만드는 사람. 맛있는 음식점만 데려가고 싶고, 좋은 것만 보게 해주고 싶은 사람. 그 사람의 한마디 한마디가 과분할 정도로 좋고 행복해요. 운이 좋아 품에 안기기라도 하는 날이면 온 세상의 봄을 내가 다 만끽하는 기분이 들어요. 매번 느끼고 있지만, 당신 참 좋은 사람이에요.

확신 ☾

난 너랑 노는 게 제일 즐거워. 다른 사람과도 함께할 수 있는 평범한 것들, 일상적인 것들이라도 말이야. 그게 우리 일이 되면 갑자기 특별하고 재밌게 느껴지는 거야. 어느 순간이든 함께하는 우리니까, 늘 색다른 것들로만 채워나갈 수는 없는 거잖아. 그래서 말인데, 나는 저번에 걸었던 길을 걸어도 좋고, 며칠 전에 먹었던 음식을 먹어도 좋고, 언제든 똑같은 표정과 행동을 해도 좋으니까. 네가 늘 내 옆에 있어줬으면 좋겠어. 그때마다 나는 같은 것들로부터도 다른 행복과 설렘을 느끼고, 여전히 우리라서 가장 재밌고 좋다고 말할게. 우리는 미래에도 당연히 함께일 거고 언제든 네 옆에는 내가 있어 줄 거라고 약속할게.

향기 ☾

내가 너를 수많은 사람 사이에서 단번에 알아차릴 수 있게 해주는, 다른 사람들과는 전혀 다른 너만의 특별한 향기가 있다. 네가 아니라면 가질 수 없을 특별하고 소중한 향기. 평생토록 기억하고 싶은, 기억할 것 같은 그런 향기. 너라는 계절에만 맡을 수 있는 특별한 향기가 있다. 너만이 가지고 있는, 그리고 나만 아는 너의 향기가 있다.

어쩔 수 없는 ☾ 마음

고백하기엔 너를 다시는 못 보게 될까 두렵고
친구로 지내기엔 네가 너무 좋다.
사랑과 우정 그 사이에서 머물고 있다.
네 가장 친한 친구로 있으면
너와 오래 지낼 수 있을 것 같아서.

카메라 ☾

환하게 웃으면서
모델처럼 포즈를 잡고
어느 쪽 얼굴의 방향이
예쁘게 찍힐까 고민하며

옷의 이곳저곳을 여미고
머리카락을 쓸어 넘기고
한참을 고민하다가
지금의 모습이 마음에 들었는지

살며시 웃으며 카메라를 바라볼 때

너의 뒤에 보이는 풍경들은
너로 인해 흐릿하게 보여
그 순간 너라는 사람은
그 무엇보다 선명하고 아름다워져

우리가 떠나는 곳마다
내가 카메라를 챙겼던 이유는

이렇게 예쁜 너의 순간들을
우리가 함께한 행복한 시간들을
남기고 싶었기 때문이야

나는 또다시 카메라를 들고
하나 둘 셋 숫자를 말하고
너는 또다시 나를 바라보며 살며시 웃어

찰칵 소리를 내며 사진은 찍히고

나는 찍힌 사진을 보는 척
살며시 미소를 지으며
들리지 않을 크기로 혼잣말해

"어떻게 내가 이렇게 예쁘고 사랑스러운 사람을 만났을까."

솔직함

애써 괜찮은 척하거나 좋은 걸 숨기는 것보다는
지금의 감정에 충실하고
솔직한 사람을 좋아해요

좋아하는 걸 좋아한다고 말해버리는 사람
사랑하는 이에게 사랑한다고 말하는 사람
맛있는 걸 먹을 땐 미간을 찌푸리는 사람
꽃을 좋아한다고 꽃을 선물해달라는 사람

힘든 날엔 좀 안아줄 수 있냐고 묻는 사람
행복한 날에는 같이 웃자고 말해오는 사람
다정함만은 늘 쉽지가 않다고 말하는 사람
기억력이 안 좋아 큰일이라고 말하는 사람

거짓 없이 가장 솔직한 모습들을
전부 보여주는 사람이 좋은 것은

그런 사람과 함께라면 나도 가면을 벗고
가장 솔직해진 나를 보여줄 수도 있을까
누군가를 만나는 일이 늘 어려웠던 나도
가장 나답게 누군가를 만나 불안함 없이
결국에는 행복해지게 될까 싶어서였어요

이젠 그동안 숨겨온 마음들
솔직하게 말해줄 수 있나요
당신만 괜찮다면 하찮은 제가
가장 솔직한 마음과 모습으로
당신을 사랑하고 싶어서요

편지 ☾

손편지가 예뻐 보이는 이유는, 못난 글씨체가 귀여워서도 맞지만, 서툰 표현이 사랑스러운 것도 맞지만, 무엇보다도 나를 생각해주는 마음 때문인 것 같아. 그 마음 하나가 아주 예쁘고 사랑스러워서 손편지를 받을 때마다 누구보다도 행복해졌던 거였어. 못난 글씨라고 미안하다고 말하지 않아도, 표현이 서툰 사람이라서 속상하지 않으냐고 묻지 않아도 돼. 당신이 전해주는 그 말 하나하나, 못난 글씨에도 꾹 눌러 쓴 연필 자국 하나하나, 온 힘을 다해서 표현하려고 노력한 그 마음 하나하나가 이미 너무나도 특별하게 느껴지니까.

고마워. 당신처럼 좋은 사람을 만나게 해줘서. 사랑을 받고 또 전할 수 있는 사람이 되게 해줘서. 나 또한 당신에게 좋은 사람이 되고 싶게 해줘서. 함께 있으면 걱정도 고민도 없는 사람이 되게 해줘서. 당신이라는 사람을 만나서 불안하던 마음은 안정되고 어둡고 추운 나의 세상이 밝고 따뜻한 세상으로 변했어.

그러니까 앞으로도 가끔은 이렇게 손편지를 적어줘. 당신이 전해주는 행복보다 내가 더 행복하게 웃을 테니까. 당신이 걱정했던 것들이 사라질 만큼 내가 고맙다고 너무 좋다고 말할 테니까. 그리고 앞으로는 그런 걱정하지 않아도 돼. 당신은 이미 내게 충분히 좋은 사람이니까.

하고 싶은 ☾ 말

혼자서도 잘 지내는 걸 알지만, 사소한 것들까지 챙겨주고 싶고, 물어봐 주지 않아도 잘하겠지만, 평범한 안부마저 물어보고 싶어. 어젯밤엔 걱정 없이 푹 잤는지. 끼니때가 되면 밥은 잘 챙겨 먹었는지. 오늘 누가 힘들고 지치게 하지는 않았는지. 고민거리는 없는지. 그런 사소한 것들 말이야. 그래, 마치 사랑이라도 하는 것처럼 말이야. 사랑하게 되면 그렇게 되더라고. 사소한 것들도 챙겨주고 싶고 안중에도 없던 날씨를 신경 쓰게 되고, 자연스럽게 상대방이 내 삶에 녹아들게 돼.

며칠 전의 퇴근길에 당신을 데리러 갔을 때, 그땐 우연히 당신이 다른 사람과 웃고 떠드는 걸 봤어. 괜히 걱정되고 혹시나 하는 마음이 드는 거 있지. 그리고는 그런 생각이 들더라. 괜히 질투가 나고 이대로 있다가는 내가 아무것도 하지 못하고 당신을 잃을 수도 있겠다고. 행동으로 당신을 사랑하고 있다는 걸 보여줘도. 마음이라는 건 말하지 않으면 알아줄 수 없는 거잖아.

그래서 더는 숨기지 않고 말하기로 했어. 내가 어딘가가 특출나게 잘나고 특별한 사람은 아니지만, 그래도 변함없이 당신을 사랑하고 그 누구보다 예뻐할 자신이 있다고. 평범할지 몰라도 사소한 안부를 잘 챙겨주고 남들 부럽지 않게 사랑해 줄 수 있다는 걸 말이야. 이리저리 둘러서 말하는 건 옛날이나 지금이나 똑같은 것 같아.

그래서 내가 하고 싶은 말이 뭐냐면, 나, 당신을 사랑하고 있어.

너에게 ☾

다른 사람들이 네게 잊을 수 없는 상처를 주더라도, 나만은 네게 그러지 않는 사람이 될게. 믿을 사람 하나 없는 냉기 가득한 세상에서 유일하게 믿고 온기를 전해줄 수 있는 사람으로 너의 옆에 있을게. 마음속에 불안이 가득한 날, 많은 생각에 머리가 아픈 날에는 잠시라도 모든 걸 잊고 웃을 수 있도록 너에게 행복을 전할게. 오래오래 변함없이 좋은 사람으로, 언제든지 너를 알아주고, 안아줄 수 있는 사람으로 너의 곁을 지켜줄게.

잠시라도 좋으니까, 네가 적어도 내 옆에서는 웃음을 가득 머금고, 마음 편히 쉬어가고, 온전히 사랑만 느낄 수 있었으면 좋겠어.

사랑은

나는 그래요. 특별한 것이라고는 없는 사람이고 사소한 것에 행복을 느끼는 사람이라서, 당신이랑 함께하는 모든 게 행복하고 즐거운 사람이에요. 우리가 함께 먹는 밥은 세상 어떤 것보다 즐겁고 맛있게 느껴지고, 같이 걷는 길은 평범한 길이라도 꽃길처럼 예쁘고 좋아 보여요. 사진을 찍는 걸 싫어하는 사람이지만 함께 찍는 사진은 정말 좋고, 어디론가 함께 떠나자는 말에 추억이 생길 것 같아서 자꾸 입가에 미소가 지어지는 사람이에요.

남들이 보기에 너무나도 평범해서 아무렇지 않은 것들이지만. 나는 평범해서 지나쳐버릴 수 있는 것을 자세히 바라보는 걸 좋아해요. 끼니때 밥을 같이 먹거나, 시간이 맞아서 얼굴을 한 번 더 볼 수 있는 거, 영화나 음악 취향이 비슷하거나, 취미가 같아서 함께 즐길 수 있는 거. 그런 게 사소하지만 참 좋아요. 물론 원래부터 그랬던 건 아니었어요. 당신이랑 함께 있다 보니까 나도 모르게 내가 그런 사람이 되었어요. 그런데 그런 모습이 꽤 마음에 드는 거 있죠. 아직 사랑을 잘 모르는 사람이지만. 당신과 나, 둘이 함께 우리로 있다 보면 그게 전부 사랑 같아요. 모든 순간을 함께하는 것도, 모든 감정을 나눈 것도 말이에요.

아직 사랑을 두려워하는 사람이 있다면 사실은 사랑이라는 게 생각했던 것보다도 훨씬 좋은 감정이라고 거리마다 소문을 내고 다니고 싶고, 몇몇 사람들이 그런 건 거짓말이라고, 믿지 않는다고 말해오면 사랑하는 우리 모습을 보여주곤 정말이라고 믿게 하고 싶어요. 그러면 그 사람들도 알게 되겠죠. 사랑은 특별하지 않은 사람들이 만나서 특별해지는 과정이라는 걸요.

이상형 ☾

날씨가 좋은 날이면 걷자고 하는 사람
맛있는 밥집이 있다며 데려가고 싶다는 사람
달이 예쁘게 떴다면서 사진을 보내주는 사람
영화 한 편으로도 온종일 떠들 수 있는 사람

아무리 평범하고 사소한 것들 앞에 있어도
내가 그 사람의 삶에 가득 묻어있다는 사람
사랑한다고 말하지 않아도 확인하지 않아도
먼저 사랑을 말하고 걱정시키지 않는 사람

아무리 서운하고 속상한 일이 있어도
내겐 늘 예쁘게 말해주려고 애쓰는 사람
표현이 서툴고 부족한 사람이라고 말하지만
작은 부분까지도 표현하려고 노력하는 사람

그런 사람을 만날 수만 있다면
아무에게도 보여주지 못했던
마음속 깊이 있는 것들까지도
숨기지 않고 전부 다 보여주며

늘 이별을 두려워하는 사람이지만
사랑하는 동안 걱정도 불안도 없이
다가오는 사랑만 온전히 받고 전하며
그 사람만을 사랑할 수 있을 것만 같아

두 사람

처음부터 잘 맞는 사랑이 이 세상 어디에 있겠어. 서로 맞지 않는 구석이 많아서 어느 날은 다투기도 하고 서운해하기도 하는 거겠지. 하지만 말이야. 잘 맞지 않는다는 건 더 맞춰갈 수 있는 순간들이 앞으로도 많다는 말, 자주 다투게 된다는 건 시간이 지날수록 마찰이 잦아들고 웃을 날이 많아질 수 있다는 말이 될 수도 있지 않을까. 잘 맞을 수 없는 것을 틀림이라고 생각하고 포기하지 말자. 서로 더 이해하고 소중히 생각하며 다른 부분은 배려해보자. 그렇게 지내다 보면 언젠간 가장 즐겁고 좋은 순간들로만 가득할 테니까. 그때쯤이면 눈빛만 바라봐도 어느 것을 원하는지 어느 정도 맞출 수 있을 정도로 특별한 사이가 될 테니까. 그러니 처음에 서로의 다른 모습을 마주했을 때는 자주 표현해주자. 어느 것은 속상했고 서운했다고. 어느 것은 좋았고 행복했다고 서로에게 말해주며 맞춰가자. 하나둘 우리라는 조각들을 맞춰가다 보면 어느덧 우리는 사랑이라는 단어가 가장 잘 어울리는 두 사람이 되어있을 테니까.

너를 ☾ 내가

너도 분명 사랑받고 행복하고 싶은 그 마음 하나뿐일 텐데. 그게 참 쉽지가 않다 그치. 사람을 만날수록 오히려 믿을 사람들은 줄어들고, 사랑할수록 상처만 받는 자신이 참 보잘것없이 느껴질 때도 있지. 어딘가 좋은 곳을 가더라도 행복해 보이는 사람들을 보면 괜히 부럽기도 하고, 잘 웃는 사람들을 보면 괜한 자격지심이 생겨서 혼자 우울해지는 날도 있을 거야. 나도 나를 가장 사랑해주고 싶은데 그게 마음처럼 잘 안 되고. 잘 지내고 싶은데 그건 나와는 상관없는 이야기라고 느껴질 때도 있어.

그동안 아무에게도 말하지 못했던 마음, 들킬까 봐 깊은 곳에 꼭꼭 숨겨둔 그 말들, 내가 전부 알아주고 안아줄게. 사실 너도 그토록 누군가의 품이 간절하도록 그리웠고 필요했을 테니까. 가끔은 못 이기는 척 무너지고 온종일 울어도 돼. 너를 사랑하지 못한다면 사랑하지 못할 수도 있는 거지만, 그렇다고 적어도 미워하지는 말자. 미워한다는 건 네가 너조차도 제대로 믿지 못한다는 거니까. 내가 늘 옆에서 말해줄게. 너도 사랑받고 행복해도 괜찮은 사람이라는 걸.

친구 ☾

아무 조건 없이도 늘 곁을 지켜주는 사람이 있어요. 오랜 시간이 지나도 여전히 만나면 편안하고 좋은 사람이 있어요. 변함없는 모습에 나의 모든 것을 보여주고 나누고 싶은 사람이 있어요. 미래를 꿈꿨을 때 자연스럽게 옆에 머물 것 같은 사람이 있어요. 함께 있을 때면 가장 솔직한 모습으로 서로 바라볼 수 있는 사람이 있어요. 지나간 순간들을 돌이켜 봤을 때 언제나 함께여서 고마운 사람이 있어요.

어설픈 ☾ 사랑

어설프고 서툰 사랑을 좋아합니다. 이 사랑을 어떻게 표현할지 고민하는 표정도, 어떤 말을 해야 할까 고민하다가 대답조차 못 하고 당황하는 모습도, 행복할 때 짓는 표정이 예쁘지 않을까 봐 애써 숨기려고 노력하는 것도 모두 사랑스럽습니다. 그런 사랑을 맞이할 때면 때로는 사랑이 늘 어설프기만 했으면 좋겠다는 생각도 합니다.

어설픈 상대가 좋습니다. 다른 것을 닮은 방향으로 맞춰갈 수 있는 것이 많다는 뜻이니까요. 함께하는 것들이 익숙하지 않아서 익숙해지기까지 오래도록 함께할 수 있다는 뜻이니까요. 그러니 당신이 늘 잘하려고 애쓰는 세상에서 적어도 나에게만큼은 어설픈 사람이었으면, 사랑이었으면 좋겠습니다. 난 그저 당신이 당신이라서 전부 이해하고 사랑해 줄 수 있으니까요.

보고 ☾ 싶어

보고 싶다고 말하니까 자꾸 더 보고 싶어지는 거 있지. 이거 봐. 지금도 네게 알려주려고 말했을 뿐인데, 보고 싶다고 말하니까 더 보고 싶어졌어. 큰일이야. 자꾸 보고 싶어지기만 해서.

너는 ☾ 모르겠지

사랑한다는 네 말 한마디에 표현을 잘 못 했던 내가 표현을 잘하려고 노력하는 사람이 되었다는 걸. 어디서든 꽃집이 보이면 괜히 그곳을 서성이고 기웃대는 사람이 되었다는 걸. 사소한 것들에도 의미를 부여하고 설레하는 사람이 되었다는 걸. 좋은 곳에 데려가고 싶어서 어느 날은 온종일 핸드폰만 붙잡고 있을 때도 있고, 좋다고 말했던 것들은 메모장에 적어둘 만큼 너를 좋아하는 사람이라는 걸. 방금 막 헤어졌지만 보고 싶다는 말이 나올 만큼 너를 보고 싶어 한다는 걸. 응. 아마 너는 모르겠지. 너를 그렇게나 많이 사랑하고 있다는 걸.

내가 ☾ 원하는 건

어딘가로 떠났을 때 예쁜 것을 보면 자연스럽게 다음에 같이 오고 싶다고 생각하는 것. 서로가 좋아하는 음식을 먹을 때면 아 그 사람도 이거 좋아한다고 했었는데 기억해내는 것. 힘들고 지치는 날에 잠시라도 얼굴을 볼 때면 그 순간만큼은 누구보다 행복하게 웃게 되는 것. 세상에서 서로를 가장 아껴주고 사랑해주는 사람이 되는 것. 어떤 순간이든 어떤 날이든 함께하고 싶다는 생각이 드는 것. 모든 감정의 조각을 함께 나누고 온전한 우리가 되고 싶은 것.

못 참겠다 ☾

있잖아. 혹시 조금이나마 나를 사랑하는 마음이 있다면 말이야. 밀고 당기고 그런 거 없이 나를 사랑해 줄 순 없을까. 사실은 내가 지난 사랑에 상처가 많은 사람이라서, 괜히 내 삶에 사랑 같은 행복이 문득 찾아오면 행복보다 불안이 앞서는 사람이 됐거든. 네가 따뜻한 말과 문장들로 나의 어둠을 안아주려고 하고, 별것 아닌 일들을 별것처럼 느껴지게 받아주는 걸 보면, 굳게 닫힌 마음의 문을 열어주고 싶다는 생각이 들어. 상처가 많은 사람이었지만 너라는 사람을 만나고 나도 무작정 행복하고 사랑받고 싶은 사람이 되고 싶다고 느끼기 시작했어. 그러니까 말이야. 밀고 당기고 이런 거 말고 그냥, 무작정 나를 사랑해주고 예뻐해 주면 안 될까. 이기적인 마음일 수도 있지만, 알겠다는 대답만 해준다면, 네가 웃을 때면 나도 웃고 네가 슬플 때면 나도 같이 울 수 있는 사람이 되어줄 수 있을 것 같아. 너만 괜찮다면 그렇게 해주겠다고 말해줄래? 알겠다고 해줄래? 입안에 가득 머금고 있는 사랑한다는 말이 금방이라도 터져 나올 것 같으니까.

사랑하기 전에 생각하세요

1. 함께하는 시간을 위해 내 시간을 포기할 수 있는지

2. 나뿐만 아니라 상대방의 마음까지도 안아줄 수 있는지

3. 때로는 자존심을 내려놓고 먼저 사과할 수 있는지

4. 아프거나 슬플 때도 모든 감정을 나눌 수 있는지

5. 그 사람의 단점까지도 사랑해 줄 수 있는지

6. 어떤 하루가 됐건 그 하루의 조각들을 공유할 수 있는지

당신은

한없이 사랑해주고 싶은 사람
막연한 위로라도 건네고 싶은 사람
힘들다는 말에 어깨를 빌려주고
춥다는 말에 품을 내어주고 싶은 사람

함께 있으면 웃음이 끊이지 않고
슬픈 날에는 함께 울어주고 싶은 사람
문득 어딘가 무작정 떠나고 싶다는 말에
모든 일을 미뤄두고 같이 떠나고 싶은 사람

혼자 남겨진 세상은 상상하기 싫을 만큼
어디서든 늘 같이 있고 싶은 사람
힘들고 지치는 날에도 목소리 한 번
얼굴을 한 번을 본다면 힘이 나는 사람

평범한 삶이라고 생각했던 세상을
특별하고 소중한 삶으로 바꿔준 사람
미래를 꿈꾸면 언제든지 곁에서
늘 머무르고 있는 사람

무엇을 좋아한다고 말해온다면
그게 무엇이든 챙겨주고 싶은 사람
단점이 있다면 어떤 모습이든
사랑해 줄 수 있다고 말하고 싶은 사람

사랑이라는 단어 하나만 들어도
바로 생각나는 단 한 사람

누군가를 사랑하게 된다면

나중에 누군가를 사랑하게 된다면, 설렘보다는 안정감을, 소홀함보다는 다정함을, 슬픔보다는 행복을 더 많이 전할 수 있는 사람이 되고 싶다. 사랑 앞에서 불안해질 때면 언제든 사랑한다는 말을 전하며 따뜻하게 안아줄 수 있는 그런 사람이 되어주고 싶다. 때로는 서로의 의견이 달라서 다투는 날도 있겠지만 잠시라도 얼굴을 마주 보며 화해하고 가끔은 내가 먼저 미안하다는 말도 하고 토라지거나 서운해하는 모습을 보며 귀엽다는 듯이 안아주기도 하고 싶다. 이별을 잊어버린 사람처럼 사랑밖에 모르는 사람처럼 사랑할 수 있는 사람이 되었으면 좋겠다. 사랑할 수밖에 없었던 사람처럼 반드시 당신이 아니면 안 되는 사람처럼 그러고 싶다.

그럴게 ☾

"안녕, 잘 잤어? 나는 잘 잤는데." 아침마다 물어보는 사람이 될게. 좋아하는 노래라든지 음식 같은 모든 취향을 주고받을게. 자주 선물하는 사람이 될게. 날이 좋다며 꽃을 건넬 줄 아는 사람. 다툴 때도 최대한 말을 예쁘게 하려고 노력할게. 미안하고 고맙다는 말뿐만 아니라 아주 사소한 것도 자주 표현할게. 서로의 다름을 틀림이라고 생각하지 않을게. 네가 어떤 모습이라도 변함없이 사랑할게. 언제 봐도 좋은 너를 언제까지나 선물처럼 아낄게. 그렇게 네게 가장 좋은 사람이 될게.

그래야 살 것 같아서 ☾

다 모르겠고 그냥 네가 보고 싶었다.

딱히 위로를 얻을 곳이 없을 때는 치킨을 먹거나 맥주와 영화를 즐겼다. 컨디션이 별로인 날엔 사치인 걸 알고도 택시를 타고 편하게 집에 왔고, 청소를 하는 날엔 바다가 그리워져서 방을 치우지 않고 곧바로 바다로 향했다. 때로는 그렇게 어떤 방법으로든 스스로를 위로해주는 것이 꼭 필요하다. 네가 보고 싶어져서 네가 있는 곳으로 무작정 달려간 것 역시 그래서였다. 너를 봐야만 힘이 날 것 같아서. 다른 건 모르겠고 널 봐야 살 것 같아서. 너는 무엇도 위로가 되지 않을 때도 아주 쉽게 위로가 되어주는 사람이니까.

바다 같은 사람.

숨을 곳이 돼주는 사람.

나도 네게 그런 사람이 되어줄 수 있을까.

버킷 리스트

사랑하는 사람이 생기면 해보고 싶었던 것들. 번갈아 가며 데이트 코스 짜보기. 서로가 좋아하는 장소들을 알려주기. 날씨가 좋은 날에는 예쁜 꽃을 준비해서 선물해주기. 달이 예쁘다는 핑계로 집 앞 공원에서 함께 산책하기. 어디에도 가지 않고 아무것도 하지 않고 나란히 누워 편히 수다 떨기. 함께 밥 먹기. 영화 보러 가기. 쇼핑하기. 편지 써주기. 도시락 만들어주기. 이런 사소하지만 특별한 것들을 당연하게 여기지 않고 항상 감사하기. 앞으로도 이 모든 것을 함께하자고 두 손 꼭 잡고 서로를 놓치지 않기. 너와 나 둘이서 그렇게 행복만 하기.

그런 적이 ☾ 있어요

달을 좋아한다는 말에 하늘을 보고 다니다가 넘어진 적이 있어요. 바다를 좋아한다는 말에 가장 예쁜 바다를 찾으러 다닌 적이 있어요. 꽃을 좋아한다는 말에 며칠을 꽃집 앞에서 서성인 적이 있어요. 누구를 사랑하게 되면 그런 거잖아요. 좋아하는 것이나 바라는 것을 모두 다 이뤄주고 싶은 마음. 지금 내 마음이 그래요. 어쩌면 당신이라서 그런 것 같아요. 당신은 바라볼수록 사랑할 수밖에 없는 구석들이 참 많은 사람이에요.

좋아 ☾

사소한 것에 다정함이 묻어 나오는 사람이 좋아. 같이 길을 걸으면 발걸음을 맞춰 걸어주는 사람, 음식을 먹을 때 식사 속도를 맞춰주는 사람, 얘기를 하면 잘 듣고 있다는 리액션을 해주는 사람, 하늘이 예쁘다고 사진을 찍어서 보내주는 사람 말이야. 누구나 할 수 있지만 아무에게 해주지는 않잖아. 그래서 그런 사람이 좋아. 그런 사람이 당신이라 더 좋고, 어쩌면 당신이 좋은 것일 수도 있겠다. 무슨 말이냐면, 당신을 사랑한다는 말이야.

사실은 ☾

네게 했던 말들, 그거 다 보고 싶다는 말이었어.

황홀 ☾

나는 너를, 너는 나를 바라보며 미소 짓는다. 바라보는 것만으론 아쉬워서 한 발자국씩 가까이 다가가기 시작하면, 그동안 내가 봐왔던 세상은 너에게 가려지게 된다. 서로의 눈동자에는 서로만 담기고, 입술이 맞닿을 정도로 가까워진 거리에서 서로를 껴안을 때면, 그동안 살아온 무채색의 세상은 한여름 강물처럼 넓고 푸른 초원처럼 유채색의 세상이 된다.

그렇게 나는 여한이 없는 세상을 살게 되었다.

2장

사랑

사랑하기 ☾ 좋은 계절

벚꽃 피어나는 봄, 장미 가득한 여름, 낙엽 쌓이는 가을, 눈 내리는 겨울. 너와 함께하는 모든 계절. 모두 사랑하기 좋은 계절이야.

한마디

너를 만나러 가는 길도, 기다리는 순간도 좋아. 전철에 앉아 창밖의 건물과 거리를 볼 때면, 그리고 우리가 함께 있었던 곳과 거닐었던 거리를 볼 때면, 그때의 기억들이 하나하나 아주 선명하게 떠올라. 그렇게 자연스럽게 미소가 지어지고, 같이 가자고 했던 곳이 보이면 다음에 꼭 함께 가야겠다고도 생각하지. 그러다 보면 어느새 나는 네가 있는 곳에 도착하게 돼. 약속한 때보다 일찍 도착하는 날에는 주변에 있는 것들을 찾아보곤 해. 꽃집은 있나, 좋아할 것 같은 식당이나 카페, 시간이 남으면 영화를 볼까 싶어서 근처 영화

관을 찾아보기도 해. 그렇게 어느 정도 시간이 흐르면 네가 내가 바라봤던 꽃집의 꽃보다도 더 활짝 핀 웃음과 함께 내 품으로 달려와. 그럼 나도 미소를 지으며 두 팔을 세상보다 더 크게 벌려. 네가 어디로 달려오든 내가 너를 안을 수 있도록 말이야. 내가 먼 길을 너를 보러 달려온다고 해서, 혹은 약속한 때보다 일찍 도착해서 너를 기다린다고 해서 미안해하는 마음은 정말 예쁘고 고맙지만, 그러지 않아도 돼. 나는 너와의 시간에 조금이라도 속상함이나 서운함이 끼어드는 건 싫어. 함께하는 동안이라도 행복하고 즐거운 시간으로 가득 채워주고 싶어. 그러니까 미안하다는 말 대신, 기다려줘서 고맙다고 혹은 사랑한다고 말해줘. 네 그 한마디면 나는 얼마나 먼 거리를 왔든, 얼마나 긴 시간을 기다렸든, 모든 게 괜찮아질 테니까.

영원했으면 ☾ 좋겠어

앞으로도 우리가 함께였으면, 바라만 봐도 웃음이 끊이지 않았으면, 변함없이 서로 사랑했으면, 언제든지 지금처럼 애틋하고 다정했으면 좋겠어. 지금의 우리가 영원했으면 좋겠어.

사랑하는 ☾ 너에게

내 앞에서는 네가 밝은 사람이 아니어도, 지나간 사랑 때문에 늘 이별을 걱정하는 사람이어도 좋아. 한없이 우울한 어느 날에는 내가 더 빛을 내서 너를 밝혀주고, 유머러스한 사람은 아니지만 웃겨줄 수 있는 농담을 준비해볼게. 눈물이 멈추지 않고 흐르는 날에는 내 옷이 다 젖어도 좋으니까 울음이 그칠 때까지 안아주고 팔이 아파도 좋으니까 밤새도록 토닥여줄게. 기분이 좋아서 웃음이 멈추지 않는 날에는 온종일 네가 웃고 떠들 수 있도록 네 얘기를 다 들어주고 함께 웃어줄게. 그렇게 웃음이 끊이지 않는 하루를 만들어 줄게.

들려오는 말들 때문에 자존감이 낮아질 때는 세상에서 가장 작은 사람이 되어도 사랑받을 수 있다는 걸 알게 해줄게. 꾸밈없는 너의 모습 그대로를 온전히 바라보고 사랑해줄 수 있는 사람이 되어줄게.

그토록 옆에 있었으면 좋겠다고 생각하는 사람, 그토록 바라고 만나고 싶어 했던 사람, 내가 그런 사람이 되어줄 테니까, 너는 지금 모습 그대로 내 옆에 있어 줘. 지금처럼 계속 너만 사랑할 테니까.

안아줄게 ☾

오늘 하루는 정말 많이 힘들었지. 내가 그 마음을 전부 다 알아주진 못해도 안아줄 수는 있어. 안아줄게. 그리고 들어줄게. 어린아이처럼 오늘 있었던 사소한 얘기들까지 다 털어놔도 좋으니까. 내 앞에서는 숨김없이 모두 보여줄 수 있었으면 좋겠어. 그래야 내가 너를 조금 더 힘껏 안아줄 수 있으니까.

딸기 ☾

네가 좋아한다고 해서 나도 좋아했더니 우리가 좋아하는 과일이 됐어. 그러고 보니 우리 사랑도 딸기 같다. 서로 좋아하잖아. 점점 더 좋아지잖아. 붉게 물들잖아. 너와 내가 우리가 됐잖아.

사랑에 빠진 사람들의 행동

1. 상대방의 아주 사소한 부분까지도 신경 쓰고 챙겨준다.

2. 장점뿐만 아니라 단점까지도 이해하려고 노력한다.

3. 다투고 서운해할 때도 있지만 다 사랑해서 그런 거라고 생각한다.

4. 서운한 것이 있어도 그 사람이 날 싫어할까 봐 자꾸 숨기게 된다.

5. 모든 순간과 모든 날을 함께하고 싶어 한다.

6. 특별한 날이 아니더라도 뭐든 선물하고 싶어 한다.

7. 어느 곳을 가더라도 어떤 것을 하더라도 어디서든 자꾸 그 사람이 생각난다.

한결같이 ☾ 사랑해줘

지금보다 더 사랑해주지 않아도 좋으니까. 더 애틋한 사이가 되지 않아도 좋으니까. 지금처럼만 한결같이 사랑해줘. 처음 모습 그대로. 나는 그거면 충분해.

소홀해지지 않기를 ☾

당연한 것들을 당연하지 않게 사랑하자. 주말의 데이트가 자연스러워지고 익숙해질 때면 쉬는 날 나를 만나줘서 고맙다는 따뜻한 한마디를, 피곤한 와중에도 하루의 끝에선 삶의 조각들을 공유할 때면 오늘 하루도 정말 수고 많았다는 포근한 한마디를, 보고 싶다는 말에 달려가지 못하는 날에는 나도 정말 많이 보고 싶다고 사랑스러운 한마디를 전할 수 있는 사람이 되어주자. 오래오래 사랑하는 사람 옆에 있다 보면 자연스럽고 당연해지는 것들이 많을 텐데, 우리만큼은 그런 흐름에 익숙해져서 서로에게 소홀해지지 않았으면 하거든.

아주 사소한 것들까지도 신경 쓰고 챙겨줄 수는 없겠지만. 서로에게 최고의 사랑을 전하지 못하더라도 최선의 사랑을 전할 수 있었으면 해. 당연한 것들을 당연하지 않게. 오늘도 내일도 그리고 앞으로도 나라는 사람 곁에 있어 줘서 고맙다고. 늘 사랑한다고 말하지만, 오늘도 사랑하고 내일도 당연히 사랑할 테지만, 혹여나 걱정되는 마음이 있다면 내가 언제든 안아줄게. 내가 언제든 당연하지 않게 당신을 사랑할게.

다 네가 준 거야

늘 고마워하고 있어. 덕분에 새 삶을 얻었으니까. 내가 이만큼 밝은 사람이 된 건 다른 누구도 아닌 네 덕분이야. 늘 무기력했던 내가 뭐든 잘 해내려는 사람이 된 것도, 불안과 두려움에 떨지 않고 늘 평온한 마음을 갖게 된 것도, 마지막으로 매일 똑같은 삶 속에서 늘 새롭게 웃게 된 것도 다 네가 이렇게 만들어 준 거야. 그러니까 고마울 수밖에. 그래서 나도 너를 챙겨주고 싶어. 뭐라도 자꾸 해주고만 싶은 거야. 네가 바라는 일이라면 무엇이든 이뤄주고 싶어졌어. 오래 함께하자. 늘 내가 가진 최고를 줄게.

소원 ☾

나는 우리가 당연하지 않은 사랑을 했으면 좋겠어. 아무리 바쁜 날에도 서로를 생각해서 연락을 남겨두거나 서로를 위해서 주말을 비워두는 것. 길을 걸을 땐 항상 손을 잡고 식사할 때는 마주 보고 하는 것. 아무리 기분이 나쁘고 속상하더라도 서로에게 상처가 되는 말들을 하지 않는 것. 아주 평범하고 사소한 것들도 함께하고 서로가 삶에 익숙해지는 것들까지. 우리가 사랑하면서 많은 것들이 익숙해지고 당연해지겠지만, 그래도 그런 것들을 당연하지 않게 여기며 사랑할 수 있는 사이가 되었으면 해. 우리 항상 행복할 수는 없겠지만 그래도 처음 서로를 사랑하는 그 마음은 변치 말자. 앞으로도 우리 서로를 사랑할 수밖에 없는 사람처럼 사랑하자.

말을 ☾ 예쁘게 하는 사람

말을 예쁘게 하는 사람이 좋다. 세상엔 생각 없이 말을 뱉는 사람 그리고 사랑하는 사람 앞에서도 편해졌다는 이유 하나만으로 험한 말을 뱉는 사람도 있지만, 나를 대할 때, 사람들을 대할 때, 혼잣말마저 예쁘게 하는 사람도 있다. 말은 눈에 보이지 않고 다시 주워 담을 수도 없다는 걸 너무나도 잘 알고 있는 당신 같은 사람 말이다. 내게 예쁜 말을 주는 당신이 좋다. 내 모든 것을 신경 쓴다는 의미니까. 좋은 말을 선물해주는 사람을 만나 매일매일 웃을 수 있어서 다행이다. 나도 마찬가지로 좋은 말을 줄 수 있는 그런 따뜻한 사람이고 싶다. 당신처럼.

오늘 하루도 정말 수고했어.

너를 사랑해줘서 ☾ 고마워

나를 사랑해주는 너도 좋지만, 너를 사랑할 줄 아는 네가 제일 좋아. 그런 사람들이 있어. 힘들고 아플 때마다 사랑을 찾는 사람. 그 사람들은 늘 불안한 사람으로 결국에는 날 지치게 만들었어. 그런데 너는 달랐어. 스스로를 아낄 줄 아는 사람이었거든. 내가 나를 가장 아껴줘야 다른 사람도 사랑할 수 있다는데, 아마도 그래서였나 봐. 너와의 사랑이 그렇게 편안했던 이유는. 내게 작은 소원이 있다면 그건 바로 나도 너 같은 사람이 되고 싶다는 것. 그래서 네게도 편안한 사랑을 언제든 줄 수 있는 사람이 되는 것. 너는 내가 좋은 사람이 되고 싶게 해. 나를, 그리고 너를 사랑해 줘서 고마워.

똑같은 대답 ☾

"왜 넌 계속 내 곁에 있는 거야?"

넌 언젠가 내게 그렇게 물었어. 아픈 사람, 자주 감정적인 사람인데 왜 이런 내 곁을 지켜주는 거냐고. 이유는 간단했어. 그때도 그랬고 지금도 난 똑같이 대답할 수 있어.

"사랑하니까. 그게 전부야."

네가 아프고 힘든 사람이라도 나는 늘 곁에 있고 싶었어. 감정이 벅차오르는 날이면 너를 와락 안아 토닥여주고 싶어. 불안할 때 나도 불안한 사람이 돼주고 무너질 때 나도 같이 무너져 줄게. 함께한다면 무엇이든 괜찮아질 테니까. 부서졌던 밤들도 괜찮게 여겨질 테니까. 앞으로도 사랑한다는 이유 하나만으로 어떠한 일이 있어도 곁에 있어 줄 테니까.

사소한 ☾ 이유들

네가 없으면 안 되는 몇 가지 이유. 하루를 시작할 때마다 잘 잤는지 안부를 물어보는 사람이 있다는 것, 일을 끝내고 집에 돌아가는 길에 전화 한 통을 할 사람이 있다는 것, 별것 아닌 일을 별일인 것처럼 웃고 떠들 사람이 있다는 것, 아무 이유 없이 곁에 오래 머물러주는 사람이 있다는 것, 어떻게 보면 그런 사소한 것들이 나를 행복하게 하는 것 같아. 그리고 넌 이런 사소한 것들을 주는 절대 사소하지 않은 사람이야. 오래오래 고마워하고 싶어. 또 오래오래 갚아주고 싶어. 가장 특별한 사람인 너에게. 내 사랑에게.

좋은 밤 좋은 꿈 같은 사람이었으면 좋겠어.

네가 ☾ 울었으면 좋겠어

나는 네가 웃는 게 제일 좋지만 내 앞에서 많이 울기도 했으면 좋겠어. 너는 좋은 사람이 되려 애쓰지 않아도 이미 내겐 너무도 좋은 사람인데, 내 앞에서마저 착한 사람이려 애쓸 때마다 그게 얼마나 슬프게 보이는지 모르지. 마음이라는 건 그릇과 닮은 것 같아. 무언가가 계속 쌓이다 보면 결국 버티지 못해서 깨지게 되고 그럴 때마다 크게 무너져버리는 거야. 우리 이제는 그릇이 깨지기 전에 비워내자. 울어도 좋고 못된 말을 해도 좋으니까. 내가 항상 내 품을 빌려줄게. 기다릴게. 여기서 그것들을 편하게 비워냈으면 좋겠어. 너는 울어도 욕을 해도 예뻐. 네가 내 앞에서 많이 울기도 했으면 좋겠어. 그래서 조금이라도 네가 덜 아프기를 바라. 너는 내 가장 귀한 사람이니까.

약속 ☾

어떻게 하면 네 옆에 오래 있을 수 있을까 고민해봤어. 넌 넘치도록 좋은 사람이니까. 평범하게 살아온 내겐 너무 멋진 사람이니까. 고민해봐도 대단한 건 못 해주겠더라. 그래도 나, 몇 가지는 꼭 약속할게. 힘든 날엔 대단한 장소를 마련하지 못해도 너만 기대 쉴 수 있는 어깨를 줄게. 좋아하는 걸 전부 해주진 못하더라도 싫어하는 것은 절대 하지 않을게. 자주 대화하고 자주 이해하고 자주 생각할게. 아주 사소한 것도 꼭 표현할게. 행복한 일이 있다면 같이 행복하고 슬픈 날에는 같이 울어줄게. 대단한 것들을 해주진 못하더라도 그렇게 계속 곁에 있는 사람이 될게. 모든 날 모든 순간을 함께할게. 그런 사랑을 줄게.

사랑해야 할 수 있는 일

좋아하는 것을 전부 해주진 못해도 네가 싫어하는 행동은 하지 않을 거야. 싫어하는 행동을 조심하는 건 사랑해야 할 수 있는 일이잖아. 또 항상 솔직한 마음을 표현할게. 사소한 것부터 사랑한다는 말까지. 너도 서운한 일이 생기면 꼭 말해줘. 대화를 자주 나눌수록 더 깊어질 테니까. 마지막으로, 소홀하지 않을게. 늘 우선순위로 두고 소중하게 생각할게. 누구나 할 수 있지만 아무나 할 수 없는 걸 약속하는 이유는 그만큼 널 사랑하기 때문이야. 나에게 와줘서 고마워. 나의 하나뿐인 사람, 그리고 사랑아.

감사한 순간들

나의 장점만 바라보는 것이 아니라 망가진 모습을 보고도 곁에 있어 주려 할 때, 우리 사이의 다른 부분이 있어도 충분히 이해해주고 존중해줄 때. 내가 아프면 나보다 더 아파해주고, 내가 웃으면 세상을 다 가진 듯 함께 웃어줄 때. 바쁜 와중에도 잠시라도 전화를 걸어 밥은 먹었는지, 기분은 어떤지 물어봐 줄 때. 가끔 생각이 달라 다투게 되더라도 사랑받고 있다는 사실만큼은 변치 않고 느끼게 해줄 때. 내가 불안할 때면 무너져도 괜찮다며 늘 옆을 지켜줄 때. 너와 함께하는 그 모든 순간이 나에게는 감사한 순간들이야.

증거

서로의 바쁜 삶 속에 잠깐이라도 마주하고 싶은 사람, 퇴근 후에는 목소리를 들으며 하루를 다정히 위로해 주고 싶은 사람, 시간을 내서 만나고 싶은 사람. 그런 사람이 곁에 있다는 것은 사랑하고 있다는 증거이다. 사랑 앞에선 가끔 눈에 보이는 것들이 중요해지는 순간이 있다. 그럴 때면 이렇게 당신을 가득 사랑하고 있다고 말해주고 싶다. 사랑하는 것을 알지만 사랑은 알면 알수록 확인하고 싶다. 사랑할 때는 유치한 것도 다정하게 느껴지니까. 너에게는 한없이 따뜻한 사람이 되어주고 싶다.

그냥 ☾

무엇을 꼭 해야만 행복한 게 아니고, 특별하게 하루를 가득 채워야 좋은 게 아니고, 꽃길만 같이 걸어야 설레는 게 아니야. 아무것도 안 하고 바라보기만 해도 좋고, 계획 하나 없이 뒹굴뒹굴하면서 하루를 나른하게 채워도 좋아. 예쁜 길이 아니고 모래사장을 걸어도 좋고, 자갈이 가득해서 걷기 어려워 손을 꽉 잡고 걷는 것도 좋아. 너랑 사랑하며 느꼈던 것들인데, 너랑 있으면 그냥 좋아.

고맙고 ☾ 소중해

마음이 잘 맞는 사람이 있다는 거, 어쩌면 이 일보다 특별한 일이 있을까 싶어. 힘든 날이면 그 사람 한마디에 웃음이 생겨나고 힘들었던 기억들은 금방 잊히는 것 같고, 행복한 날이면 함께 웃음을 나누고 좋아해 주는 모습에 예쁜 순간을 추억으로 남길 수 있는 것 같아. 누구에게도 솔직하게 말하지 못했던 내가 솔직하게 털어놓을 수 있는 사람, 그런 사람이 너라서 참 고맙고 소중해. 내 옆에 있어 줘서 고마워 네가 있어서 나는 오늘도 웃으며 살아갈 수 있어. 네가 없었더라면 지금의 나를 상상할 수 없었겠지. 그래서 네게 참 고마운 순간들이 많아. 우리 지금처럼 천천히 오래 보자. 시간이 지나 계절이 변한다고 해도 지금 모습 그대로 변치 않고 함께 살아가자.

연인과 잘 지내는 ☾ 방법

1. 아무리 화가 나도 각진 말들로 상처 주지는 말기

2. 서운하거나 속상한 것이 있다면 숨기지 않기

3. 관계에서 나만 노력하고 있다는 마음 가지지 않기

4. 하고 싶은 얘기가 있다면 언성을 높이지 말고 차분히 말하기

5. 감정이 진정이 안 되면 진정할 수 있는 시간이 필요하다

고 얘기하기

6. 야, 니, 너 같은 자극적인 말들은 최대한 자제하고 피하기

7. 상대방이 말할 땐 끊지 말고 끝까지 다 들어주기

8. 나는 원래 그런 사람이라서 못 변한다는 말은 하지 않기

9. 다투는 것은 헤어지기 위해서가 아닌 더 나은 사랑을 위한 과정이라는 것 잊지 않기

10. 처음 우리가 어떻게 사랑하게 됐는지 그리고 왜 사랑했는지를 잊지 말기

그런 사람이 ☾ 나에겐 너였어

너를 사랑하면서 이유 없이 네가 좋았어. 너를 만나러 가는 길에는 모든 것이 예뻐 보였고, 너와 함께하는 순간에는 마치 봄이라도 찾아온 듯이 내 세상이 온기를 가득 품고 있었어. 안부 연락 한 통이 나의 모든 것을 안아주듯 따뜻하게 느껴졌고 너와 함께 있다 보면 그동안 내가 살아오던 세상의 불안함도 두려움도 모두 사라졌어. 네가 있는 곳이라면 어디든 가고 싶었고 어디로든 함께 떠나고 싶었어. 너랑 있다 보면 나는 불행했더라도 금방 행복해졌으니까. 불행했던 사람이 불행을 잊은 사람이 됐으니까. 언제나 사랑해주고 싶은 사람, 바라봐도 보고 싶은 사람. 평생을 함께하고 싶은 사람. 그런 사람이 내겐 너였어.

먼 미래에도 ☾ 사랑하자

나는 우리가 전혀 다른 둘이라서 오히려 그게 더 애틋하게 느껴져. 만약에 너와 내가 사랑을 서툴지 않게 하는 사람이었다면, 모든 것이 익숙해서 맞춰갈 일조차 없었다면, 함께하는 모든 것들이 재미없지 않았을까. 우리가 다른 사람이기에 닮은 사람이 되기 위해 맞춰갈 수 있는 거고, 맞춰가면서 서로의 모르는 것들도 알아가며 재밌게 사랑할 수 있는 거니까. 서툴고 부족하기에 우리가 조금씩 더 익숙해지고 애틋해질 수 있는 거겠지. 함께하는 순간이 매번 행복할 수는 없겠지만, 그래도 우리 최대한 행복한 사랑을 하자. 서로가 곁에 없으면 안 되는 사람처럼 지내기도 하고, 세상에서 서로 가장 예뻐하고 사랑하기도 하자. 그렇게 우리가 생각한 먼 미래보다, 훨씬 더 먼 미래에도 우리는 사랑만 하자.

사랑 같아서 ☾

만나기 전날 무슨 옷을 입을지 고민하는 것도 좋지만, 밤을 새워가며 몰래 손편지를 적는 것도 좋지만, 내가 좋아하는 음식만 먹으러 가는 것도 좋지만, 나는 네가 너의 모습 그대로일 때가 가장 좋아. 아무리 사랑하지만 좋고 싫음이 확실한 모습, 맞춰가지만 억지로 전부를 맞추려고 하지 않는 모습, 가장 솔직한 너로 사랑해주는 모습이 좋아. 그런 모습이라면 정말 너를 믿고 사랑해도 될 것 같아서. 그런 게 진짜 사랑 같아서.

정말 많이 ☾ 사랑한다는 말이야

사소한 것에서도 다정함이 묻어 나오는 네가 좋아. 같이 길을 걸을 때면 발을 맞춰 걸어주고, 음식을 먹을 때면 식사 속도를 조절해주는 모습은 사랑스럽게 느껴져. 무슨 얘기를 하면 반응을 잘해주는 것도, 예쁜 것이 보이면 같이 보고 싶었다며 사진을 찍어 보내는 건 또 얼마나 귀여운지 모르지. 가만히 바라보고 있으면 내가 왜 널 사랑할 수밖에 없었는지 알 수 있을 것 같아. 나 네가 정말 좋아. 남들이 알지 못하는 아주 작은 구석까지도 말이야. 무슨 말이냐면. 내가 널 정말 많이 사랑한다는 말이야.

앞으로도 우리는 ☾

시간이 지나면서 변하는 건 당연하지만 그래도 서운함을 느끼게 해서 미안해. 사소할지라도 처음과 다른 모습은 서운할 테니까. 소중한 만큼 변치 않길 바라는 마음일 테니까. 시간이 지나 함께하는 순간이 많아질수록 대화도 편해지고 서로가 당연해지는 것 같아. 처음의 설렘은 흐려지고 익숙함만 남게 되고 그 속에서 예전의 설렘을 그리워하기도 하겠지. 하지만 그게 사랑하지 않는다는 건 아닐 거야. 그저 여전히 네가 좋고 편히 사랑하게 됐을 뿐. 사랑하다 보면 서운한 감정이 생길 수 있어. 다르게 살아온 두 명이 함께한다는 건 그런 거야. 우리, 자연스러운 변화에 적응해보자. 다른 건 달라져도 사랑은 안 변하게 할 테니까. 설렘이 익숙해진 사랑에 다정함을 새로 채워 넣자. 그렇게 계속 사랑하자. 분명 앞으로도 우리는 행복할 거야.

어쩔 수 없는 일

좋아하는 쪽이 서운한 건 어쩔 수 없는 것 같다.

그 사람의 답장이 예전에는 그러지 않았는데 고민하게 되고, 자꾸 보고 싶다는 말을 전해주고 싶다. 하루 종일 목소리를 듣고 싶고, 마주 보고 얘기하고 싶다. 하지만 서로의 삶을 이해하고 배려해야 하니까. 서운한 일들을 이해하려고 한다. 그런데 말처럼 마음이 쉽게 이해를 못 한다. 나랑 있었으면 좋겠다며 이기적인 마음이 든다. 좋아할수록 서운한 것들이 많아지고, 그 사람의 한마디에 기분이 좋았다가 늦어지는 답장에 기분이 안 좋아진다. 그렇게 하루를 당신으로 가득 채워도 더 채우고 싶다. 이렇게 말하니까 또 보고 싶다.

우리가 그랬으면 해

내가 서운한 것들을 잘 표현하지 못했던 건, 내 한마디 때문에 잘 지내던 우리 사이가 나빠질까 봐. 그것 하나 때문에 날 미워하게 될까 봐. 혹은 네게 속이 좁은 사람으로 보일까 봐 그랬어. 내가 괜찮다고 말하거나 보고 싶지 않다고 말한 건, 정말 괜찮아서 보고 싶지 않아서 그랬던 게 아니야. 그럴 때마다 네가 안아줬으면 해서 그랬어. 네가 연락도 없이 뭔가를 할 때마다 내가 먼저 말해줄 수 있느냐고 물어봤던 것도, 네가 먼저 말해준다면 아주 사소한 것들 때문에 우리가 다투는 일들이 사라질 수 있을 거로 생각했거든. 그렇게 된다면 서로 미워할 일도 서로에게 속상할 일도 없지 않을까 해서 그랬어. 그리고 때론 우리가 다툴 때면 자존심을 한 번이라도 내려두고 먼저 사과하거나 안아주면서 미안했다고 화해를 해줬으면 좋겠어. 때로는 나도 그런 사람이 될 테니까. 사랑하는 너도 그런 사람이 되어줬으면 좋겠어.

누구 하나를 위해서가 아닌. 너와 나 그리고 우리를 위해서. 우리가 그런 사람이 되었으면 해.

잘 지내자 ☾

서로 말하지 못한 마음들이 있어서 온전히 서로를 다 보여주지 못해도 괜찮으니까. 표현이 서툴러 실수해도 좋으니까. 우리 아프지 말고 행복하게 잘 지내자. 어떠한 일이 있어도 헤어지지 말자. 우리 그러자.

사랑하지 않는 게 아니라 서로 틀린 것도 아니라 그저 맞지 않았을 뿐이야. 우리는 잠시 굴곡진 길을 돌아서 걸은 것뿐이야. 설레하고 사랑만 해도 부족한 시간이지만, 가끔 서운할 수도 있고 토라질 수도 있잖아. 혼자 지내다가 둘이 되어 함께하는 것은 당연히 서툴 수밖에 없는 일이니까. 어느 날은 다투기도 하고 다시 화해하고 서로 애틋하게 껴안을 수도 있는 거야. 네겐 한 번도 말하지 않았지만 나는 그 과정마저 너와 함께여서 좋다고 행복하다고 말해주고 싶어. 우리 사랑은 다툼을 통해 점차 안정적인 모양이 될 거야. 그러니까 다투고 토라져도 서로 사랑하는 마음, 이것 하나만큼은 절대 변치 말고 잊지 말자. 처음 사랑했던 순간처럼 지금도 여전히 사랑하니까.

네가 아니면 ☾

네가 아니라면, 다른 사람을 만나거나 다른 사랑을 하게 된다면, 그게 다 무슨 소용이겠어. 내가 바라는 건 다른 사람을 만나서 사랑하는 것이 아니라, 다른 누구도 아닌 너를 만나고 사랑하고 싶은 거야.

아프지 말고 ☾ 헤어지지 말고

서로가 미운 날도 있겠지만, 마음이 맞지 않아서 다투는 날도 있겠지만, 얼굴을 봐도 화가 풀리지 않는 날도 있겠지만, 그래도 좋으니까 말이야. 서로 상처 주는 말, 아픈 말, 이별하게 만드는 순간을 만들지는 말자. 우리는 아프고 싶어서 사랑하는 게 아니니까. 헤어지고 싶어서 다투는 게 아니니까. 함께하는 동안이라도 행복하고 잘 지내려고. 그렇게 사랑하기 위해서 서로의 옆에 있는 거니까. 아프지 말고, 헤어지지 말자.

고작

고작 그게 내 전부였다. 그런 사랑이 전부였던 거다. 사랑해야만 할 수 있는 일들 내가 가장 잘하는 일들을 해주는 것. 기념일이 아니어도 비싸지 않더라도 꽃 한 송이를 내민다든지. 아주 사소한 감정과 감동들도 솔직하게 표현한다든지. 장점이 아닌 단점까지 모두 껴안아 주고 사랑해준다든지. 좋아하는 걸 다 주진 못하더라도. 싫어하는 일은 절대 안 한다든지. 그런 것들은 수수해 보일지라도 내가 할 수 있는 최선이었다.

3장

헤어짐

하필 ☾

나는 가장 서툴던 시기에

가장 소중한 너를 만났다.

갈대 ☾

가끔 마음이 흔들려도 괜찮아. 내가 아닌 다른 사람 품에 안겨서 위로를 받아도, 우리가 아는 음식점에 가서 내가 아닌 다른 사람과 마주 봐도, 내가 알려줬던 것들을 다른 사람과 해도. 네 마음만 괜찮아진다면 어떤 것도 이해할게. 흔들리는 마음이 진정되고, 다시 원래의 마음으로 돌아오면 그때 다시 돌아와 줘. 돌고 돌아도 결국 마지막은 늘 나였다고 말해줘. 그럼 나는 아무 일도 없었다는 듯이 너를 안아주고 아무것도 모르는 척할게. 그러니까 네 마음이 갈대처럼 흔들려도, 갈대처럼 그 자리에 그대로 있기는 있어 줘. 네가 다른 사람, 다른 사랑으로부터 받은 상처들 때문에 무너져 내릴 때 내가 너를 붙잡아 줄 수 있게. 네가 아무리 깊은 곳에 빠져 있어도 내가 손을 내밀 수 있게. 나와 멀지도 가깝지도 않은 곁에서 머물러줘. 그렇게 있어 준다면 내가 아무 일도 없었다는 듯이 다시 너를 사랑할게. 아무 일도 없었던 것처럼 다시 그럴게.

변화 ☾

웅에서 웅으로 변할 때 가장 설레고
웅에서 웅으로 변할 때 가장 슬프다

그럴 때마다

매번 똑같은 일로 실망시킬 때. 앞으로도 변하지 않을 것 같을 때. 아무리 속마음을 힘들게 털어놓아도 진심으로 듣지 않을 것만 같을 때. 아주 조금의 노력도 하지 않고 나를 없는 사람처럼 여길 때. 관계의 문제 앞에서 방법을 찾기보단 빨리 포기해버리려는 모습을 보일 때. 행복하려고 하는 사랑이 아니라 마지못해 하는 사랑 같을 때. 이제는 돌이킬 수 없을 것만 같을 때. 헤어짐을 결심하게 만드는 결정적인 순간들.

아무 말도 ☾

나 헤어졌어. 하고 싶은 말이 많았는데 그냥 아무 말도 하지 않았어. 그 말들을 전부 내뱉는다고 해도 달라질 게 무엇도 없을 것 같았거든. 그렇게 해서 변할 사람이었으면 진작 변했을 거란 걸 알았으니까. 정말 사랑했다면 노력이라도 했을 텐데. 그 사람에게 대체 나는 뭐였을까? 이제 다시는 억지로 끼워 맞추기 싫어. 포기하기보단 방법을 찾으려 하는 사람. 사랑 앞에서 노력하는 사람을 만나고 싶어. 그리고 나도 그런 사람과 함께하면서 결국에는 우리만의 행복을 찾아내고 싶어. 응, 이제는 그래. 사랑 앞에서 노력하는 사람을 만나고 싶어.

결국 ☾

영원한 사랑은 없더라.

미안해 ☾

네가 나 때문에 아팠으면 해. 내가 보고 싶어서 잠 못 자고, 겨우 잠이 들고 나서는 꿈에도 내가 나와서 다시 깨버렸으면 좋겠어. 꿈에서 깨어나면 보고 싶은 마음에 눈물이 멈추지 않아서 펑펑 울어버렸으면 좋겠어. 미안해, 나는 네가 나 때문에 힘들었으면 좋겠어.

이별 ☾

잊고 싶지만, 과거의 우리는 지나치게 행복했고, 지나간 기억을 떠올리기에 이별은 눈물이 멈추지 않을 만큼 슬프다. 다시 사랑하기엔 똑같은 이별을 하게 될까 봐 무섭고, 이별했다고 말하기엔 좋은 것만 남기지 못했던 아쉬운 사랑이었다. 다시는 만나지 못할 사람을 만나서 다시는 할 수 없을 것 같은 사랑을 했다.

우리는 ☾

세상에서 서로를 가장 잘 알지만
아무것도 해줄 수 없는
남보다 못한 사이가 되었다.

상처만 남겨준 ☾ 사람에게

다른 사람들은 못 믿어도 너만큼은 다를 줄 알았는데. 결국 너도 다른 사람들과 다를 게 없는 사람이었어. 너의 발목을 잡으면서 다시 나를 만나달라고 하지 않을 테니까, 딱 너와 같은 사람을 만나서 네가 나에게 했던 행동들을 똑같이 느꼈으면 좋겠어. 네가 떠나가고 나는 날마다 죽을 만큼 아팠으니까. 너도 그 정도만 아파 줘.

이유

네가 나를 떠나갈 수밖에 없었던 이유라도 알고 싶어. 그런 이유라도 조금 알면, 네가 나에게 날 선 말들을 내뱉는 모습이라도 한 번만 본다면, 우리가 헤어진 이유를 조금이나마 이해할 수 있을 것 같아서. 내가 조금은 더 너를 놓아줄 수 있을 것 같아서.

도대체 우리가 헤어져야만 했던 이유가 뭐야?

차라리 ☾

마지막까지 좋은 사람인 척, 나를 위하는 척하면서 돌려서 말하지 말지. 마음이 사라졌다면 헤어지자고 말하지. 왜 헤어지자는 말을 할 때까지 기다리는 거야. 그렇게 억지로 아닌 척 괜찮은 척하면서 빨리 그 말을 해주길 바라면서 왜 그렇게 사람에게 눈치를 주는 거야. 차라리 말을 하지 그랬어. 헤어져 달라고. 그러면 너도, 나도 이렇게까지 구차해질 필요 없잖아.

기대 ☾

나 혼자서라도 우리를 계속 붙들고 있으면 언젠간 우리도 다시 사랑할 수 있을 줄 알았다. 조금 외롭더라도 내가 오래 혼자 좋아하면 너도 변할 수 있다는 기대도 있었다. 하지만 그건 괜한 기대였고 마음이었다. 나를 볼 때의 무표정한 얼굴, 대화가 시작되면 바라보는 휴대폰 화면, 함께 있는 시간이 길어질수록 들려오는 피곤하다는 말, 다정함이라곤 찾아볼 수 없는 말과 행동들까지. 너는 나와 함께하는 하루 속에서 나를 그렇게 몇 번이고 절벽으로 밀어댔다. 이제 더는 붙잡지 말아야겠다. 더는 너를 사랑하지 말아야겠다.

서툰 ☾ 이별

헤어진 사실보다
헤어진 이후에 내 주위에 공허함만 남았다는 게
그게 더 슬프다
내 삶에는 빼곡하게 너밖에 없었다는 게
너무나도 선명하게 느껴져서

마음 ☾

가끔 그런 생각이 들더라고. 삶을 살아가는 것도 사람을 만나는 것도 사랑하는 것도, 그 무엇 하나라도 마음처럼 되는 것이 없다고. 때로는 마음에도 없는 말을 하고 원하지 않는 이별을 하게 되고 행복한 순간이 찾아오면 행복함을 느끼기도 전에 이 행복에 관한 불안함이 먼저 가득 차올라버린다고.

무슨 일이 생기면 자꾸 나부터 탓하는 습관을 고치고 싶은데 그게 어려워서 가장 쉬운 나를 탓하게 돼. 그저 다가오는 마음들을 온전히 느끼고 영원한 것은 없겠지만 영원할 것처럼 걱정 없이 마음을 전부 다 보여주고 느끼고 싶었던 것뿐인데. 어쩌면 내가 누리면 안 되는 것들을 가지려고 했던 걸까, 너무나도 큰 욕심이었던 걸까 싶기도 했어.

내가 원하는 건 입가에 미소를 머금을 수 있는 정도의, 고작 그 정도의 마음이었는데.

이별이 ☾ 아픈 이유

그만큼 그 사람을

진심으로 사랑했기 때문에

그때는 왜 몰랐을까

지치고 힘든 날이면
억지로 참아내지 말고
힘들면 무너져도 되고
슬프면 울어도 된다는 것을

기회가 왔을 때는
일어나지도 않을 일을 망설이지 말고
무엇이든 도전할 수 있는
용기가 필요하다는 것을

무엇인가 잘못되었을 때는
무작정 나를 먼저 탓하기보다는
무엇 하나라도 바로잡기 위해
최선을 다해야 한다는 것을

나도 내가 처음인 삶이라서
무너지고 지치는 것은
삶에 있어서 당연할 수밖에 없는
그런 것들이라는 것을

그때는 왜 몰랐을까

해결되지 않는 ☾ 마음

기다리기엔 다신 돌아오지 않을 것 같고
자존심을 버리고 다가가기엔 싫어할 것 같고
포기하기엔 아직도 너무 좋고

안녕 ☾

한때 너는 나의 세상이었고 전부였지만, 이제 우리는 헤어졌으니까. 여기까지만 너를 사랑하기로 할게. 우리 정말 사랑했고 좋아했던 만큼 정말 아프겠지만, 모쪼록 서로의 세상에서 잘 견뎌내 보자. 안녕, 다시는 만나지 말자.

그리움 ☾

지독하게 누군가를 사랑했던 그때만큼 누군가를 다시 사랑해보고 싶은 마음. 사소한 한마디에도 웃음이 끊이지 않던 그때만큼 웃으며 행복하고 싶은 마음. 오랜 시간 함께한 누군가가 영원히 내 곁에서 사라지지 않을 것처럼 나를 응원해주고 사랑해 줄 것만 같은, 그때처럼 따뜻함만을 느끼길 원하는 마음이 있습니다.

냉기가 가득한 세상에서 그때와 같은 온기 하나 없이, 그때와 같은 마음들을 숨기며 묵묵히 삶을 살아갈 때면, 깊은

숲과 안개 속에서 길을 잃어버린 사람처럼, 삶이라는 커다란 숲에서 막연한 그리움이라는 안갯길을 잃으며 한참을 헤매며 무너지는 날들이 있습니다.

더는 ☾ 그럴 필요 없어

아프다는 말에 연락 한 통 없었던 것도
늘 나에게는 바쁘고 시간 없는 사람이었던 것도
사실은 모두 마음이 없어서 그랬던 거야
그러니 더는 그런 사람에게
기대하거나 기대려고 하지 않았으면 해

애써 괜찮은 척 그를 붙잡으려고 하지 않아도
문제점을 내게서 찾으려고 하지 않아도 돼

처음부터 너에 대한 마음이 없었던 거야
그저 잠깐이라는 시간을 함께 보내고
순간을 채워 넣을 사람이 필요했던 거지

그러니 그런 사람들에게
더는 애쓰지 말고 마음도 쓰지 마
너는 남들에게 쉽게 버려지고
여기저기 상처받을 사람이 아니야

아니다 싶으면 포기할 줄도 알고
아프면 무슨 약이라도 찾을 줄도 알아야지
더는 너를 방치하지 않았으면 좋겠어

상처가 없는 세상은 없겠지만
나는 네가 이 각박한 세상에서
덜 상처받고 더 행복했으면 해

쉼표 ☾

힘들면 잠깐 쉬어가도 돼
뜨거운 여름에는 잠시 그늘을 찾고
차가운 겨울에는 잠시 난로를 찾는 거지
몸도 마음도 쉬다 보면 지금보다 괜찮아질 거야

한 번도 돌아보지 않고 앞만 보면서 달려왔잖아
한 번쯤은 모든 것들을 내려두고
나를 돌아보는 건 어때?

그동안 알지 못했던
내가 좋아하는 것도 찾고
나를 위한 작은 선물도 챙겨주고
남이 아닌 나를 신경 써보는 거지

늘 평가받고 비교하는 세상에서
나를 억지로 끼워서 맞추고
이리저리 경쟁하고 부서졌던
그런 삶은 당신도 지쳤을 테니까

마침표가 아닌 쉼표를
당신의 삶에 선물하는 거야
아주 긴 시간도 좋고
짧은 시간이어도 좋아

분명 늘 잘 지내고 있다고
아픈 곳 없이 괜찮다고 말하지만
정작 당신은 괜찮지 않다는 걸
그 누구보다 잘 알고 있을 테니까

잠깐 쉬어가자

많이 힘들잖아

다시 만난 날

다시 우리가 만나는 그날이 온다면
그때는 많이 보고 싶었다며 서로를 끌어안아 줬으면
우리가 헤어진 것이 영원한 것이 아니라
잠시 떨어져 있던 것뿐이라는 말을 주고받았으면 좋겠다

집에 ☾ 가자

어른이 되어간다는 건 그래. 조금 더 단단하고 의연한 사람이 될 줄 알았는데, 생각했던 것들과는 다르게 무너지고 부서지는 순간들이 오히려 더 많아지더라. 내가 바라던 일은 이게 아닌데 나는 지금 무엇을 하고 있는 걸까. 꿈이라는 건 이미 잊은 지 오래고 하루하루 먹고살기 바빠지고, 시간이 지날수록 수많은 연락처 중 연락할 곳은 몇 없다는 사실과 힘들고 지치는 날에 기댈 곳이라곤 하나도 없다는 생각이 들 때도 있었어.

어릴 때는 내가 아프거나 힘들 때면 누군가 와서 나를 도와주고 챙겨주며 무슨 일이 있었는지 물어봐 줬는데. 그렇게 늘 그렇게 다정한 사랑을 받았는데. 시간이 지나 나는 나하나도 제대로 챙기지 못하고. 내 삶이 불쌍해서 가장 가까운 사람들에게 잘 지낸다는 연락, 아픈 곳도 없다는 연락 한 통도 하지 못하더라고.

가족이 옆에 있을 때는 내가 아프고 힘들다고 말하면 밖에서 고생하지 말고 집에 와서 따뜻한 밥을 먹고 따뜻한 방안에 누워서 있으라고 그랬는데. 그때가 참 좋았던 것 같아. 늘 집 나가면 고생한다고 그러셨는데. 집을 나올 때는 잘 살거라고 말해놓고 고생이란 고생만 다 하고 아무것도 이뤄내지 못한 채 몸도 마음도 다 무너져버렸네.

이제 그만 어른인 척하고 더는 늦어버리기 전에 보고 싶은 사람을 만나러 가야겠어. 어릴 때 부모님의 한쪽 손을 잡고 부모님이 늘 해줬던 가장 따뜻한 말과 함께 말이야.

"집에 가자."

우연히 ☾

우연히라도 좋으니까

너를 한 번만 다시 마주하고 싶다

문제 ☾

아무리 먼 곳에 있는 사람이라도
몇 시간을 달려서 잠깐이라도
보고 싶은 사람이 있고

아무리 가까운 곳에 있는 사람이라도
고작 몇 분도 안 걸리는 거리에 있어도
보고 싶지 않은 사람이 있다

사실 누군가를 좋아하고 사랑하게 되면

아무리 먼 거리에도 아무리 바쁜 일이 생겨도
핑계를 만들거나 바쁘다고 말하지 않고
잠깐이라도 보러 가려고 하거나
바쁜 삶에 어떻게든 시간을 내려고 한다

만나자는 말에 상대방이
자꾸 바쁘다고 했던 것도
거리가 멀어서 만나는 일이
어렵다고 말하던 것도

매번 다음에 만나자고
약속을 미루는 것도
처음과 달리 연락 횟수가 줄어들고
관심이 줄어드는 것도

사실 모든 것은
마음이 있고 없고의 문제가 아닐까

꿈

사람들의 입에 내 이름이 원치 않게 오르고 내리는 일. 누군가를 대신해서 아무 잘못도 없이 사과를 건네야 하는 일. 믿었던 사람에게 가장 아픈 배신을 당하는 일. 가장 소중하고 가까운 사람을 잃고, 가장 사랑했던 사랑을 잊어가는 일. 내가 세상에서 사라져버렸으면 좋겠다고 생각했던 모든 순간이. 자고 일어나면 한순간에 사라지는 꿈같은 일이었으면 좋겠어.

그 시절 ☾

지금 내가 그리운 건
나를 사랑해주던 네 모습이 아니야
우리가 함께 웃고 떠들며 행복했던
그 시절이 그리운 거야

비밀번호 ☾

잘만 기억하고 있다고 생각했는데, 어떤 날에는 여러 숫자를 눌러봐도 비밀번호가 풀리지 않더라고. 혹시나 하는 마음에 떠나간 너의 생일을 입력하니까 그제야 잠금이 풀리는 거 있지. 다 지웠다고 생각했는데. 아직도 내 삶에 곳곳에는 너의 조각들이 있나 봐. 다 잊었다고 생각했는데. 괜히 또 생각나겠네.

이제 ☾

이제야 너를 울리지 않고 행복하게 해주는 방법을 알게 됐는데. 어린 모습 말고 조금이라도 더 성숙해진 모습을 보여줄 수 있게 됐는데. 너에게 가장 잘 어울릴 수 있는 사람이 됐는데. 가장 중요한 네가 내 옆에 없네. 이제는 너무 늦어버렸네.

외사랑 ☾

마음을 내비치는 일이 점점 줄어들기 시작할 때. 나를 마주한 네가 더는 웃지 않을 때. 어느덧 관계에서 나만 맞춰가고 있을 때. 나의 연락에는 물음표가 가득한데 너의 답장에는 마침표가 가득할 때. 전화할 때면 무뚝뚝한 말투만 가득할 때. 그때마다 네가 더는 나를 사랑하지 않고 있다는 걸 알고 있었어. 그래도 쉽게 포기할 수 없더라. 혹시나 내가 조금 더 잘하면 너의 마음이 조금이라도 변할까 싶어서.

먼 길

어려운 삶의 고난들을 넘고 넘어서
더는 아무것도 이룰 필요 없는 곳으로
떠나는 이에게 해주고 싶은 말이 있습니다

다르게 걷게 되는 그 길이
서럽고 처량하게 느껴지기도 하고
생각했던 길이 아닌 것 같을 수 있겠지만
도착한 그곳에서는 부디
조금의 불안도 불행도 없이

어디서든 행복을 느끼고
언제든 여유로움을 만끽하며
지치지 않고 상처받지 않는
그런 삶을 살았으면 합니다

매번 애쓰고 노력하는 사람이었지만
이제 더는 애쓰지 않아도 괜찮다고
더는 좋은 사람이 되려고 노력하지 않아도
더 잘하려고 더 노력하지 않아도 괜찮습니다

남은 이들을 걱정하지 말고 부디 편하게
그 길을 걸어가실 수 있으셨으면 합니다
그동안 참 많은 일을 견디고
애쓰며 살아가느라 수고하셨습니다

아직도 ☾

아직도 세상 밖에는 너와 함께 했던 것들이 가득하다. 네가 좋아했었던 음식점, 길을 헤매다가 겨우 찾은 작은 카페, 날이 좋은 날 함께 걷던 산책로, 너에게 줄 거라고 처음 꽃을 사본 꽃집까지. 너를 잊었다고 생각했는데. 아직도 나는 네가 많이 보고 싶은가보다.

자존심 ☾

아무것도 해보지 못하고 너를 떠나보낼 줄 알았다면. 이딴 자존심 따위 내려놓고 힘껏 사랑할걸 그랬어. 네가 힘들어할 때 한 번 더 안아줄걸. 보고 싶다고 말할 때 한 번쯤은 달려가 볼걸. 사랑한다고 말할 때 내가 더 많이 사랑한다고 말해볼걸. 사랑에 있어서 가장 필요 없는 걸 가지려고 해서 나는, 정작 가장 소중한 너를 잃었어.

다시 ☾

너와 같은 사람을 만날 수 있을까. 너처럼 다정한 사람을 만나서 사랑할 수 있을까. 우리가 함께했던 순간처럼 누군가와 애틋하고 행복할 수 있을까. 네가 아닌 다른 사람과 다시 사랑할 수 있을까. 나 다시 사랑할 수 있을까.

후회 ☾

있을 때 조금 더 잘해줄걸. 조금 더 많이 웃어주고 더 예쁜 것들을 가득 챙겨줄걸. 미안하다는 말 대신 고맙다고 말해주고 표현이 서툴러도 더 노력하고 표현해줄걸. 더 좋은 곳을 데려가고 더 맛있는 걸 먹으러 다닐걸. 잘해준 것 하나 없이 그저 너를 사랑하기만 해서 미안해.

이름 (

아무 문제 없이 잘 살다가도 문득 봄이 찾아오면 떠오르는 사람이 있다. 이제는 좀 괜찮다고 생각했는데 내 마음은 고작 두 글자에 무너져버린다. 다가오는 계절 앞에서 지독한 사랑을 끝내지 못하고 늘 그래왔던 것처럼 너를 그리워하고 있는 것이다. 괜찮은 척하며 잘 살다가도, 이제는 정말 괜찮을 줄 알다가도, 너의 이름 두 글자 앞에서 나는 한없이 무너져버린다.

그랬으면 ☾ 어땠을까

차라리 모든 걸 참지는 말고 또 서로 견디기만 하지는 말고, 속 시원하게 마음에 있는 말들을 다 내뱉기도 하고 때로는 다투기도 했으면 어땠을까. 마음은 아프겠지만 서로 울기도 해보고 화를 내기도 해봤으면 어땠을까. 서로 행복하고 좋은 순간만 가득했으면 하는 마음에서 참지 말고, 그냥 그렇게 지냈으면 어땠을까. 그랬으면 우리 헤어지지 않을 수 있었을까.

시간 ☾

시간은 멈추지 않고 흘러가고 있지만
나는 아직도 너와의 과거에 살고 있다

4장

다시, 봄

이 ☾ 별

밤하늘의 수없이 반짝이는 별 중 하필 이 별에서 너와 내가 만나게 되었으니, 운명이나 인연처럼 사랑할 수밖에 없었던 거지. 서로 부둥켜안고 빛을 낼 때면 우리는 그 어떠한 별보다 더 밝게 빛나고 예쁠 거야. 이 별이 언젠간 사라지게 된다고 해도 사람들이 기억하고 떠올릴 수 있는 별이 되도록 이 별에서 우리 반짝일 수 있을 때까지 온 힘을 다해 사랑하자. 그 누구보다 밝고 아름다운 이 별로.

나중에 누군가를 다시 사랑하게 된다면 설렘보다는 안정감을 소홀함보다는 다정함을 슬픔보다는 행복을 더 많이 전해줄 수 있는 사람이 되어주고 싶다. 내가 선물하는 행복에 불안할 때면 언제든 사랑한다는 말을 전해주고 내 품을 내어주며 따뜻하게 안아주고 싶다. 서로의 의견이 맞지 않아 다투는 날에는 잠시라도 시간을 내서 얼굴을 마주 보며 진심으로 미안하다는 말을 전해주고 싶다. 다시 내가 누군가를 또다시 사랑하는 순간이 온다면 이별 같은 말은 잊어버리고 사랑만 하고 싶다. 그 누구보다 애틋하게. 그렇게 사랑해주고 싶다. 그 사람이 매일 이렇게 행복해도 될까 생각할 정도로.

감정 나눔 ☾

슬픔을 나누면 반이 되고, 행복을 나누면 배가 됩니다. 나만 가지고 있는 아픔을 남에게 보여주는 것은 어려운 일이지만, 가끔 혼자서 못 일어날 것 같을 때는 그래도 됩니다. 슬픔을 나눠도 괜찮습니다. 즐거운 일이 있다면 혼자 웃어 넘기는 것도 좋지만, 나눌 사람이 있다면 함께 웃고 떠들어 보는 건 어떨까요. 혼자서도 모든 일을 해결할 수 있는 일들이 있지만, 함께 나눌 사람이 있다는 것, 아무에게도 말하지 못할 비밀을 나눌 사람이 있다는 것, 사소한 이야기 하나로 온종일 웃고 떠들 수 있는 사람이 있다는 것, 그것들이야말로 살아가야 할 이유를 만들어주는 것들이 아닐까요. 나만의 유일한 감정들을 소중하고 특별한 사람들에게 나눠주세요. 커다란 세상을 혼자 사는 건 너무나도 외로운 일이잖아요.

적어도 ☾ 나는

다른 사람들이 나를 미워한다고 해서 똑같이 나를 미워할 필요도, 좋은 사람이 나를 떠난다고 해서 모든 게 내 잘못이라고 생각할 필요도, 사랑하는 사람이 떠나간다고 해서 자신을 사랑받을 자격 없는 존재라고 질책할 필요도 없어. 다른 사람들은 나를 미워하고 떠나가고 싫어할 수도 있겠지만, 적어도 나는 그러면 안 되는 거잖아. 세상에서 나를 가장 믿고 사랑해야 하는 내가 나를 싫어해버리면 어떡해. 누가 뭐라 해도 자신을 믿고 살아 봐. 너는 잘해왔고, 잘할 거고, 잘 될 거니까.

회전목마 ☾

우린 또다시 슬퍼할 거야. 우린 또다시 아파할 거야. 우린 또다시 안 괜찮을 거야. 그런데 있잖아, 그래도 괜찮아. 또다시 웃을 수도 있을 거고, 또다시 아프지 않게 될 거고, 결국 또다시 괜찮아질 테니까. 놀이동산의 회전목마처럼, 어떤 감정이든 다시 돌고 돌아올 테니까. 그러니까 억지로 그 순간을 모두 이겨내려고 하지 말자. 안 좋은 추억들도 돌고 돌아가서 아무 일도 없었던 것처럼 괜찮아지기도 할 테니까. 언제나 그랬듯이 다시 웃을 수 있을 테니까. 다시 일어날 수 있을 거야.

어디서든 ☾

사람들의 고작 몇 마디 말들에 흔들리지 않는 사람으로 살아갈 것. 고작 몇 마디 말들에 흔들리고 만다면 나는 그 정도 무게의 사람밖에는 되지 못하는 거니까. 삶을 살면서는 더 단단한 마음을 가질 수 있는 사람이 되려고 노력할 것. 결국 믿고 의지하며 살아가야 하는 사람은 나밖에 없으니까. 사소한 한마디 정도는 흘려듣는 사람이 될 것. 아주 작은 것들까지 신경 쓰며 살아가기엔 세상은 너무나도 잔혹한 곳이니까. 어디서든 당당한 사람이 될 것. 나 자신에게 부끄럽지 않은 사람이라면 어디서든 잘 지낼 수 있을 테니까. 나

자신을 사랑해주고 응원해줄 것. 언제나 당신은 사랑받고 빛날 수 있는 사람이니까. 적당히 담백하게 살아갈 것. 정말 잘하려고 애쓸 필요도 없이, 또 쉽게 포기할 필요도 없이, 내가 할 수 있는 것들에 온 힘을 다하며 살아가면 충분한 삶이니까. 어디에 있든 기죽지 말고 환하게 웃을 것. 당신은 어디서든 빛날 사람이니까.

작은 ☾ 위로

퇴근길에 듣는 가사가 따뜻한 노래, 오랜만에 날아온 옛친구의 반가운 안부 연락, 무작정 떠난 곳에서 느꼈던 작은 행복, 갤러리를 보다가 찾은 그때 그 행복한 순간들의 기록까지. 지친 삶을 위로하고 무뎌졌던 행복을 다시 찾게 해주는 것은 새로운 설렘도 행복도 아닌 그동안 내가 쌓아왔던 삶의 아주 작은 조각들이 아닐까. 그런 조각들이 쌓여서 하나의 더 단단한 마음을 만들고 세상 속에서 빛을 잃었던 나를 조금 더 빛나게 해준다고 생각해.

때로는 세상이 너무나도 밝아서 나라는 사람이 정말 보잘것없고 특별하지 않게 느껴질 때가 있겠지만, 그래도 너는 너대로 잘하고 있잖아. 그러니까 가끔은 빛나지 않아도 무너져도 괜찮다고 말해주고 싶어. 너의 가치를 네가 모른다고 해도 너의 가치들이 사라지는 것은 아니니까. 너는 너대로, 네 방식대로 네 세상을 살아가면 되는 거야. 너라는 사람이 반짝이든 반짝이지 않든 너는 너 자체로 충분히 가치 있는 사람이니까.

잘하고 있어, 잘될 거야.

좋은 사람에게도 ☾

불행한 사람에게도 행복한 순간이, 불안정한 사람에게도 안정적인 순간이 찾아옵니다. 좋은 사람에게도 좋지 않은 순간이, 좋은 사랑에게도 좋지 않은 이별은 찾아옵니다. 당신이 나쁜 사람이라서, 불행한 사람이라서, 불운한 사람이라서, 불완전한 사람이라서 좋지 않은 순간들이 찾아오는 것이 아닙니다. 때로는 좋은 사람에게도 좋지 않은 순간들이 찾아올 수 있습니다. 충분히 당신이라는 좋은 사람에게도 좋지 않은 일들이 찾아올 수 있다는 말입니다.

뻔한 위로의 말일 수도 있겠지만, 마음과 달리 되는 모든 것들이 반드시 당신만의 잘못이 아니라는 말을 전하고 싶습니다.

분명 ☾ 너도

누군가에게 아주 소중한 사람일 거야

내일은 ☾ 오늘보다 괜찮아질 거야

시간은 어제와 같이 흐르고 있지만, 오늘도 어제와 똑같이 흘러가고 있는 건 아니겠지. 내가 죽도록 미워하고 증오했던 사람들은 시간이 지날수록 점차 잊히고 상처들은 무뎌지겠지. 나보다 더 사랑하고 소중하게 생각했던 사람도 언젠간 이름 몇 글자를 들어도 아무렇지 않은 날이 찾아오겠지.

어느 날은 나를 떠나간 사람들 때문에 서러워지기도 하고, 좋은 사랑을 다시는 할 수 없을 것 같아서 마음 한편이 쓰라리겠지만, 많은 시간이 흘러서는 거짓말처럼 이 모든 것들이 해결되고 무뎌지겠지. 오늘, 내일, 모레 천천히 한 계단씩 올라가는 오르막길처럼 시간이 지나면 이 모든 것들도 아무렇지 않은 오늘이 내일이 또 모레가 되겠지.

세상이 지옥처럼 살기 힘들다고 느껴질 때면 나는 모든 일들은 시간이 해결해 줄 거라고. 다가오는 내일은 오늘보다 조금 더 괜찮을 거고, 내일은 모레보다 조금 더 괜찮을 거라고. 그런 말들을 해. 그렇게 말하다 보면 자연스럽게 내일을 기다리게 되고 내일이 지나갈 때쯤이면 다음날을 기다리게 되니까. 언젠간 나도 늘 비교하던 남들처럼 웃고 행복한 삶을 살게 될 거라고 믿고 싶거든.

삶이 무너지고 지칠 때마다 나를 살아가게 하는 말이 있어.

"내일은 오늘보다 괜찮아질 거야."

마음이라는 건 ☾

마음이라는 건 늘 한정적이라서
내가 모두를 사랑해 줄 수 없고
모두가 나를 사랑해 줄 수 없지

때론 내가 싫어서 떠나가는 사람이 있고
내가 좋아서 다가오는 사람들도 있으며
마음이 잘 맞아서 오래도록
옆을 지켜주는 사람도 있어

늘 곁을 지켜주는 사람이라고 해도
마음이 잘 맞지 않은 날에는
다투기도 토라지기도 하고
그를 통해 관계가 깊어지기도 해

아무리 좋은 사람을 만나도
때로는 좋지 않은 날들이 있고
죽도록 싫고 미운 사람을 만나도
신기할 정도로 괜찮은 날이 있어

늘 내 마음처럼 되지 않는다고 해서
무작정 걱정하거나 두려워할 필요도 없어
어느 날은 마음처럼 되지 않는 일들이
마음처럼 되기도 하는 날도 있을 테니까

마음이라는 건 알면 알수록
더 복잡하고 어려워지는 거라서
쉽게 이해하거나 알아갈 수는 없지만
지금의 순간들에 최선을 다하다 보면

어느덧 내가 좋고 싫어하는 것들을
조금이나마 알 수 있는 사람이 되니까
그럼 그런 마음을 하나 가지고
앞으로의 삶들도 살아가면 돼

무작정 남의 말을 믿고 나를 잃어가는 것보다
좋고 싫음을 명확하게 판단하는 것이
어쩌면 나에게 주어진 능력일 수도 있으니까

순간 ☾

모든 관계에서 끝을 생각하기보단
그저 마주하는 순간에 집중하세요

그래도 돼

늘 좋은 사람이 되려고 애쓰고 착한 사람이 되기 위해서 정작 나 자신을 잃어가고 있는 당신 말이야. 내게는 그러지 않아도 돼. 조금 모진 사람이 돼도 되고 착하지 않은 모습을 보여도 돼. 늘 잘하려고 하지 않아도 되고 가끔은 어린아이처럼 투정을 부리거나 서운한 게 있다면서 입을 툭 내밀며 이런 점은 속상했다면서 얘기해도 괜찮아. 사소한 것에 토라지고 어린아이가 되어도 질투가 많은 사람이 되어도 당신의 모습이라면 다 사랑할 테니까. 다른 사람에게는 그러지 못해도 적어도 나라는 사람에게는 당신이 한없이 무너지고 부서져도 내가 다 안아줄 테니까. 정말 그래도 돼. 당신이 어떤 모습이든 내가 다 사랑해줄게.

흑백

살다 보면 누구에게도 기대지 못할 때가 있고
마음 편히 잠이 들지 못하는 순간도 있다
깊은 어둠 속에서 한참을 헤엄치고
갈 길을 잃어버린 사람처럼 방황하며

어디든지 갈 수 있다는 희망은
어디도 갈 수 없다는 절망으로 바뀌고
다시 일어날 수 있다는 용기는
이대로 무너져버릴 것 같은 불안으로 바뀌는 날이 있다

불어오는 작은 바람에도
사람들이 말하는 작은 소리 하나에도
쉽게 흔들리고 부서지는 사람이 되어서
그저 내가 나라서 미운 날들이 있다

그런 날이면 무작정 괜찮다고
힘내라고 말하는 사람보다
지친 마음을 전부 알아주지 못해도
일부라도 안아주려고 하는 사람이 있다면

가끔은 정말 내 옆에 따뜻한 사람이
아무 이유 없이 내 편을 들어주며
떠나가지 않을 거라는 말을 해주는 사람이 있다면
얼마나 좋을까 생각이 드는 순간들이 있었다

세상이 늘 차갑고 서러운 곳이라서
모두에게 사랑받을 수 없다는 것도 알지만
어른이 되었다는 이유 하나만으로
모든 것을 견뎌내기에는 버거운 것들이 많다

누군가 던진 차가운 말이 마음에 닿아서
무너지고 괴로웠던 순간들은 많지만
누군가 건넨 따뜻한 말 한마디에
위로받고 괜찮았던 적은 언제였을까

개화기 ☾

한 계절의 소임을 다한 꽃은 더는 꽃을 피워내지 못합니다. 하지만 다시 그 계절이 돌아오면 무엇보다도 힘있게 새 꽃을 피워내죠. 지금 당신의 삶이 지치고 힘든 것도 그래서일 거예요. 삶에 스며드는 차가운 바람이 지나가고, 따뜻한 햇볕이 온몸을 감싸 안을 때. 그때가 오면 우리는 다시 피어날 겁니다. 다가오는 포근한 햇살과 불어오는 다정한 바람을 만끽하면서요. 지난 계절보다 더 예쁜 꽃을 피워냅시다. 그 어느 순간보다 더 찬란하게 그리고 아름답게.

행복했으면 ☾ 좋겠어

하루의 끝에 침대에 누웠을 때
걱정되는 고민거리나
복잡한 생각을 하나도 없이
지금 이 순간이 편안하다고 느껴질 때

어딘가 떠나려고 한 날에
내심 걱정됐던 날씨가 완벽하고
가려고 했던 곳을 아무 탈 없이 돌아다니고
숙소로 돌아와 오늘 있었던 일을 떠올리며 미소를 지을 때

별것 아닌 일이었지만
그 일을 생각만 하면
자꾸만 입가에 미소가 지어지고
정말 좋았던 순간이었다고 기억되는 순간이 있을 때

힘들고 지친다고 느끼던 삶에
한 사람 때문에 세상이
따뜻하고 편안하게 느껴지며
이렇게 행복해도 괜찮을까 하는 생각이 들 때

그토록 바라고 원했던 행복은
특별하고 꼭 가치 있는 일이 아닌
평범하고 스쳐 지나갈 수 있는 일들 때문에
생기고 느껴지는 것 같아

그래서 말인데 나는 당신이
오늘은 하필이면 날씨가 좋아서 기분이 좋고
별것 아닌 일들 때문에 미소가 지어지며
하루의 끝 침대에 누웠을 때 편안한 마음이 들었으면 좋겠어

아무 걱정도 고민도 없이

당신이 행복했으면 좋겠다는 말이야

그런 ☾ 사람

내 친구가 그런 사람을 만난다면 좋겠다. 언제든 네가 먼저여서 맛있는 것 앞에서도 너부터 챙기는 사람. 늘 예쁘게 말하려고 노력하고 작은 부분에도 신경 쓰는 사람. 예를 들면 같이 걸을 때도 걷는 속도를 맞춰 걸을 줄 아는 사람. 어디에서 뭘 하든 배울 점이 많은 사람. 언제든지, 무슨 일이 있든지 다정함을 잃지 않는 사람. 그 다정함을 모두에게가 아니라 너에게만 주려고 애쓰는 사람. 서로의 삶을 이해해주는 사람. 다름을 틀림이라고 생각하지 않은 사람. 그런 사람과 만나 서로 아껴주고 오래오래 웃는 모습을 보여준다면 좋겠다.

그런 ☾ 연애

상처받으면서까지 사랑해줄 필요는 없어. 맞춰가는 과정만 있을 뿐, 누군가를 위해 헌신하는 것까지 사랑인 건 아니야. 어느 정도 배려해줄 수는 있는 거지만, 헌신이 꼭 사랑인 건 아니란 말이야. 나는 네가 행복하고 좋은 사랑을 했으면 해. 이렇게까지 사랑받고 좋아도 괜찮을까 싶은 그런 연애를 했으면 좋겠어.

걱정하지 ☾ 말아요

지나간 행복에 집착하지 말고
미래의 행복을 걱정하지 말아요

지나간 순간에 찾아온 행복은
이미 충분한 행복이었을 거고
다가오지 않은 행복은
억지로 붙잡으려 하지 않아도 다가올 테니까요

더는 지나간 과거에 발목이 잡혀서

후회하거나 집착하지 말고
다가오지 않은 미래를
걱정하거나 두려워하지 마세요

전에 행복했던 순간보다
더 큰 행복들이 찾아와서
이렇게 행복해도 괜찮을까
생각이 들 정도로 행복할 테니까요

그리고 그런 행복이 찾아온다면
지금의 행복이 사라질까 두려워하지 말고
또다시 이런 행복이 오지 않을 것을 걱정하지 말고
온전히 받아들이고 웃고 즐기세요

지금의 행복에 최선을 다해서
행복해도 부족할 시간일 테니까요
반드시 행복해질 겁니다
그러니 너무 걱정하지 마세요
당신에게도 행복이 찾아올 겁니다

잊지 ☾ 말아요

아무 이유 없이 밥은 먹었는지 잠은 잘 자는지
어디 아픈 곳은 없는지 물어봐 주는 사람

무슨 일이 있었다는 말에 그럴 수도 있다는 말보다
누가 그랬는지 왜 그랬는지 공감해 주는 사람

아무도 믿지 못해 마음에 커다란 벽이 생겨도
변함없이 따뜻하게 내 곁을 지켜주는 사람

모든 감정을 공유하고 사소한 부분까지도
신경 써주는 그런 사람을 잊지 마세요

늘 곁에 있는 사람이라 소중함을 잊을 수 있지만
설레는 것보다 익숙한 것들이 많은 사람이지만
누군가의 마음까지도 안아줄 수 있다는 건
오늘 하루의 조각을 공유할 사람이 있다는 건

기댈 곳 하나 없는 차갑고 어두운 세상을
따뜻하고 밝게 살아갈 힘을 주니까요

아무렇지 않게 만나서 하루를 함께 보내는 것이
정말 흔한 일인 것처럼 당연한 일이 되었지만
그런 추억들이 마음 한편에 하나둘 쌓여서
우리가 더 많은 날을 웃을 수 있게 만들어 줄 겁니다

그러니 잊지 마세요
늘 고마운 사람들을

영원히 ☾

지난 이별에서 입은 상처 때문에 일어나지 않을 이별을 걱정할 필요도, 우리가 달라서 다툼이 일어나는 것에 대해 불안해할 필요도 없어. 마음이 맞지 않는다는 건 어쩌면 다른 세상에 살다 온 두 사람이 만나서 하나가 되는 과정 중의 하나일 테니까. 어느 날은 다름이 틀림처럼 느껴져서 서로 이해하고 설득하는 것이 어렵게 느껴질 수도 있겠지만, 그건 서로 사랑하지 않아서 그런 것이 아니니까. 사랑하기에 다툼이 있을 수도 있고, 다름을 맞춰가고 싶어지는 거니까. 또한 그런 과정을 통해서 너와 내가 우리라는 더 애틋한 관계로 깊어지고 있는 것일 테니까. 다툼은 곧 잦아들고 앞으로 우리의 나날들에는 우는 날보다 웃는 날이 더, 다투는 날보다 편안한 날들이 더, 불안한 날보다 안정감 있는 날들이 더 가득할 거야.

사랑하는 동안 또 다른 여러 문제로 인해서 우리가 자주 부딪히겠지만, 이것들만은 기억해줘. 지금 우리가 이렇게 부딪히는 것도 서로 정말 사랑하기에 그런 거라고. 그리고 그때의 우리가 잘 해결할 테니까 미리 불안해하지 않아도 돼. 네가 걱정하는 일들은 이뤄지지 않을 테니까. 영원한 것들은 세상에 없겠지만, 적어도 우리 사랑하는 동안은 영원히 사랑할 것처럼 사랑하고 행복하자.

서로 진심으로 애틋하게 사랑하고, 바라만 봐도 행복한 시간을 보내도. 우리가 함께하는 시간은 늘 부족할 테니까.

처음

처음이라서 그래. 스스로가 모든 것이 서툴고 부족한 사람처럼 느껴지는 건. 당신이 살아가는 당신의 세상은 처음이라서. 다가오는 행복을 서툴게 받아들이는 것도, 불안한 감정으로 살아가는 것도, 사람을 만나고, 떠나보내는 일도. 누군가를 사랑하고, 이별하는 것도. 모두 익숙하지 못한 순간들이 연속인 것도. 모두 처음이라서 그런 거야. 그리고 시간이 지나 그런 감정이 괜찮아지는 건, 조금 더 성장한 당신이 그런 문제들을 해결할 수 있는 능력이 생겨서인 거야. 처음과 달리 맞이하는 것들이 익숙하고 편안해지는 것도 성장했다는 증거지.

당신이라는 존재는 커다란 세상에 하나뿐인 존재잖아. 마주하기 어렵고 힘들게만 느껴지더라도 무거운 짐을 혼자 짊어진 사람처럼 크게 흔들릴 필요 없어. 어쩌면 모두 당연한 것들이니까. 그러니 마음처럼 되지 않는다고 해서, 서툰 감정들에 휩쓸린다고 해서, 그 순간마다 자신을 절벽으로 밀어붙이지 않았으면 좋겠어. 다른 사람들도 똑같이 실수하고 넘어지지만 그렇지 않은 척 살아가는 것뿐이니까.

당신도 다른 사람들처럼 아무렇지 않은 척 다시 살아가면 돼. 다시 일어나면 되고, 다시 도전해도 돼. 그러다 보면 아무렇지 않은 척 살아갔던 날들이 경험이 되어서, 어느덧 당신은 정말 아무렇지 않게 모든 것들을 잘 해결하는 사람이 될 거야.

당연히

우리 지나간 일은 지나간 일로 두자. 과거의 일을 벗어던지지 못하고 힘들어하지 말고, 잊기 위해서 발버둥을 치면서 노력해보자. 행복했던 순간이 다시 찾아오지 않을 거라고 단정 짓지 말고, 앞으로의 새 행복을 만드는 것에 집중해보자.

지나간 것들을 지금에 끼워서 맞추지 말고 흘려보낼 줄도 알아야지. 다가오는 행복을 과거에 일들 때문에 두려워하지 말아야지. 그렇게 말하면서 내가 가장 행복할 수 있는 길을 만들어나가자.

그렇게 언젠가의 내 삶에 행복이 스며들 때면 세상에서 가장 행복한 사람처럼, 다시는 행복하지 못할 사람처럼 웃고 즐기며 만끽하자. 다음에 찾아오는 행복 앞에서도 불안해하는 일 없이 행복할 수 있도록. 미래에도 내가 당연히 행복할 수 있는 사람이 될 수 있도록.

하지 말아야 하는 ☾ 행동

1. 남의 불행에 위안받지 말 것.

2. 나는 행복할 수 없는 사람이라고 말하지 말 것.

3. 내 옆에는 아무도 없다고 착각하지 말 것.

4. 아무도 나를 사랑해줄 수 없다고 생각하지 말 것.

5. 남의 기준에 나를 끼워서 맞추지 말 것.

6. 부정적인 생각과 말투로 나를 깎아내리지 말 것.

7. 쉽게 모든 일을 포기하지 말 것.

8. 일어나지 않을 일들을 미리 걱정하지 말 것.

9. 모든 것을 혼자 품으려고 하지 않을 것.

10. 어떤 일에서든 자책하거나 자신을 미워하지 말 것.

너와 닮은 ☾ 사람

나 자신을 사랑하지도 않으면서 무작정 너를 사랑하기 시작했다. 참 힘들고 아플 때였는데 기댈 사람이 생겨 다행이라 생각했다. 하지만 그러다 보니 점점 나를 사랑하는 법을 잊게 되더라. 힘들고 지치는 날에 너마저 없으면 무엇도 못하는 사람이 되기도 했다. 그렇게 네게 기대기만 하다가 결국 나는 너를 보내야만 했다. 이제 안다. 내가 나를 가장 잘 알아야 내가 아닌 누군가를 사랑할 수 있다는 걸. 온전히 내가 나를 사랑할 수 있었을 때 그때 널 만났다면 어땠을까. 조금 달랐을까. 아주 천천히 날 사랑하기 시작했다. 사랑을 나눌 줄 아는 사람이 되고 싶어서. 너와 닮은 좋은 사람을 만나게 되면 힘껏 아껴주고 사랑해주고 싶어서.

그럼에도 ☾ 불구하고

또다시 누군가를 만나고 사랑하는 사람과 이별한다고 해도. 그럼에도 불구하고 다시 사람을 만나거나 사랑을 하게 된다면 온 힘을 다해서 사랑하세요. 지금의 순간들은 시간이 지나서 다시 돌아오지 않으니까요. 시간이 지나 조금 더 성장했을 때는 예전 같은 사랑을 다시는 할 수 없게 돼요. 그런 최선의 사랑의 끝이 헤어짐이면 어때요. 그 속에서 충분히 성장하고 행복하고 즐거웠잖아요. 지나간 기억이 슬프면 슬픈 대로, 좋으면 좋은 대로. 시간이 지나 모두 다 추억으로 기억될 거예요.

아버지 ☾

아가, 사랑하다가 정말 맞지 않는 사람이라면 언제든 헤어질 수도 있는 거란다. 억지로 상대방의 모든 것을 좋아해 주려고 노력하다가 정작 내가 좋아하는 것을 잃어버리면 안 되잖니. 또 사람마다 생각하는 것도 바라는 것도 모두 다르기에 무조건 모든 것을 맞추려고 하면 마음에 탈이 나기도 하지 않겠니. 사람을 만나든 사랑을 하든 늘 내가 중심에 있어야 하고 나를 잃지 않고 누군가를 사랑하는 것이 중요해. 나와 맞지 않는 사람을 만나 오랜 시간 힘들어하는 것보다 차라리 이별을 선택하는 것, 그게 정말 잘한 일일지도 몰라.

그때 네가 무엇이든 최선을 다했다는 것은 나중에 누구를 만나더라도 큰 도움이 될 거야. 지금은 이별이 아프고 힘들어도 시간이 지나고 더 좋은 사람을 만날 수 있는 좋은 거름이 될 거야. 나는 언제나 네 사랑을 응원한단다.

사랑하면 ☾ 안 그래

정말로 사랑하면 안 그래. 바쁘다고 해서, 약속이 있다고 해서 온종일 연락을 쉬지는 않아. 조금 다르다고 이해를 포기하지도 자신의 말이 다 맞다고 말하지도 않아. 네 과거를 궁금해하는 것을 넘어서 어떤 사람과 어떤 시간을 보냈었는지 의심하듯이 캐내는 것 역시 진짜 사랑이라고 보기는 어렵지. 우리 이제는 진짜 사랑을 하자. 서로의 과거는 신경 쓰지 않고 오직 지금만 바라보는 사랑. 아무리 다른 부분이 많다고 해도 그 다름을 이해하고 즐기려는 사랑. 하루의 틈새마다 늘 함께하는 사랑. 그런 진짜 사랑을 하자. 이제는.

어떤 사람이라면 좋겠어?

노래 취향이 비슷한 사람이면 좋겠어. 날이 좋은 날이면 이어폰을 한쪽씩 나눠 끼고 같이 걸으면 더 좋을 것 같아. 맑은 날보다는 비 내리는 날 빗소리를 좋아하는 사람이면 좋겠어. 비가 내린다는 핑계로 전화를 하면 좋을 것 같아. 산보다는 바다를 좋아하는 사람이면 좋겠어. 같이 바다 앞에 모래사장에 앉아서 파도 소리랑 바다 내음을 맡고 싶어서. 그리고 이 모든 것들이 해당되지 않아도 좋은 사람이었으면 좋겠어. 그럼 내가 어떤 모습이든 사랑해 줄 수 있을 것 같거든.

그런 사람이라면 좋겠어 ☾

말을 예쁘게 하는 사람을 원해. 세상에는 생각 없이 말을 내뱉는 사람, 심지어는 사랑하는 사람 앞에서까지 험한 말을 내뱉는 사람들이 많더라고. 편해졌다는 이유 하나만으로 그럴 수 있는 관계라면 사랑하지 않는 게 더 나을지도 몰라. 또 꼭 내가 아니더라도 가족들에게 혹은 친구에게 말을 예쁘게 하는 사람을 만났으면 좋겠어. 그만큼 습관처럼 따뜻하고 다정한 사람이라는 뜻이니까.

남에게도 잘하지만 내게는 더 잘하는 사람, 그런 사람을 만났으면 해. 내 모든 것을 신경 써주고, 좋은 말을 선물할 줄 아는 사람을 만나서 매일매일 웃을 수 있고 행복할 수 있는 사랑을 했으면 좋겠어.

우리를 ☾ 응원해

점점 웃을 일이 없어지는 것 같아. 나는 내 방식대로 행복하길 원했는데 그게 자꾸만 어려워지는 느낌이랄까. 사람들의 말과 시선이 신경 쓰여 아무것도 원하는 대로 하지 못할 때가 많았어. 할 말은 많지만 좋은 사람으로 남고 싶어서 아무 말도 하지 못할 때도 있었어. 이제는 우리, 조금 하고 싶은 거 하면서 살자. 우리 마음이 시키는 대로 말하고 움직이자. 남이 내 삶을 대신 살아줄 것도 아닌데 남들의 기준에 맞춰 살기 바빴던 것 같아. 삶에서 가장 중요한 건 나 자신인데 말이야. 앞으로의 내 삶은 나답게 살고 싶어. 내가 하고 싶은 일, 좋아하는 것을 하면서. 우리가 아프지 않고 행복하게 살았으면 해. 우리의 행복을 응원해.

바다에게 ☾

힘들 때마다 찾아갈 수 있는 곳이 있다는 건 정말 특별한 일이다. 삶이 무너져갈 때, 사람을 만나는 일이 지겹게 느껴지고 이별에 상처받아 다시 사랑하기가 두려울 때. 더는 혼자서 물러설 곳도 없을 때마다 찾는 고요한 바다가 한 곳 있었다. 누구도 찾지 않는 곳을 향해 모래사장을 걷다 보면 자갈밭이 나오고 조금 더 걷다 보면 환하게 뻥 뚫린 바다가 나왔다. 파도는 끊임없이 밀려왔고 나는 나를 지치고 힘들게 했던 마음들을 파도가 스며드는 가장 가까운 곳에 적어두곤 했다.

불안했던 마음과 불행했던 삶 모두를 파도에 녹이면 전부 없었던 일이 되길 바라는 마음에서였다. 삶을 흔들던 이유 없는 우울, 사람들 사이에서 늘 지쳤지만 이내 괜찮은 척을 했던 한심한 나의 모습, 다시는 이별하지 않을 것처럼 사랑했던 사람과의 기억도 모두 이 파도 한 번이면 금방 사라져 버리겠지. 휩쓸고 나면 새로운 파도가 밀려오는 것처럼. 거짓말처럼 우울은 사라지고 평온한 삶이 찾아오고, 늘 서툴렀던 마음에도 안정적인 날이 오고, 더 좋은 사랑을 만나서 행복한 순간들을 채워나갈 수 있겠다고 생각했다.

커다란 파도가 스며드는 바다 앞에 앉아서 한참을 그곳에서 떠나질 못한다. 분명 다른 곳을 가도 똑같은 파도가 있을 거고 모래사장이 있고 자갈밭이 있겠지만, 누군가를 사랑하게 되면 그 사람이 아니면 안 되는 것처럼, 나에게 이곳이 아닌 다른 곳의 바다는 위로를 받을 수 없는 의미가 없는 곳이 되어버린다. 금방이라도 다시 일어나서 내가 걸어왔던 방향으로 돌아갈 수 있겠지만, 더는 몸도 마음도 나의 것이 아니라고 느껴지는 날이면, 이곳을 찾아 그간 찾아볼 수 없었던 여유로움을 찾는다.

또다시 차가운 바람은 불고 새로운 파도가 내가 적어둔 글자 위에 스며든다. 나는 또 얼마만큼의 시간이 지나서 이곳을 다시 찾게 될까. 지겹기도 하면서 좋은 나의 삶의 동반자 같은 이 바다가 싫지만 좋다. 마치 오래오래 사랑해온 연인 같은 느낌이다. 전에는 여름에 이곳을 찾았는데 이제는 겨울이다. 다가오는 봄에는 웃을 일이 조금 있었으면 좋겠고 그 이후의 여름에는 잠시 그늘에서 쉬어갔으면 좋겠다. 가을에는 선선한 바람에 몸을 맡겨 여행을 떠났으면 다시 돌아온 겨울에는 추우니까 따뜻한 사람과 함께 이곳을 들르고 싶다.

언젠간 한 번은 좋은 소식을 들고 와서 늘 나쁜 소식만 가져가 주는 바다에게 알려주고 싶다. 나도 이제는 행복하다고. 날이 추우니까 너도 따뜻한 소식을 가져가라고. 늘 내 마음이 흔들릴 때마다 안아줘서 고마웠다고. 이제는 내가 아닌 다른 사람을 안아줘도 괜찮다고. 내 마음을 안아줄 수 있는 사람이 생기고, 나도 이제 너처럼 누군가를 안아줄 수 있는 너처럼 바다 같은 사람이 되었다고. 그렇게 말해주고 싶다.

우린 언제나 빛날 거야

초판 1쇄 발행 • 2022년 4월 11일
초판 2쇄 발행 • 2022년 8월 17일

지은이 • 강진석
책임편집 • 오휘명
마케팅 • 박근호 김은비
디자인 • 유서희
펴낸곳 • 도서출판 히읏
제작처 • 책과 6펜스
출판등록 • 2020년 4월 28일 제 2020-000109호
전자우편 • heeeutbooks@naver.com

ISBN • 979-11-977986-3-4 (03810)